D+

dear+ novel Bon appétit! ・・・・・・・・・・・・

ボナペティ!

月村 奎

新書館ディアプラス文庫

ボナペティ！

contents

illustration：木下けい子

ボナペティ！
Bon appétit!

1

有村葉《ありむらよう》がバイト先の居酒屋に出勤するために家を出るのは、だいたいいつも夕方三時半ごろだ。仕事は四時半からだけれど、通勤手当が出ないので、交通費を浮かせるために三駅分を歩くのに、一時間は必要だった。

九月はまだ残暑が厳しいものの、真夏に比べると日暮れは随分《ずいぶん》早くなっている。傾いた日を背に浴びながら、アパートを出て間もなくの場所に、葉がいつも前を通るのを楽しみにしている店がある。

『ビストロ・Lucas《ルカ》』という看板がかかったその店は、二年ほど前に古い建物を改装してオープンした。葉が通る時間にはいつも準備中の札が出ているけれど、仕込みのいい匂いが通りにまで漂っていて、常《つね》にお腹をすかせている葉をうっとりさせる。

匂いだけではない。年季の入ったタイル張りの外装、ピカピカに磨かれた真鍮《しんちゅう》の取っ手がついた木製のドア、モスグリーンの日よけなど、すべてが絵のようにかわいらしく、外壁沿いには花やハーブなどの鉢《はち》が並んでいる。

たくさんの植物がありながら、店の前はいつも美しく掃《は》き清められて、花がらひとつ、落ち葉一枚、落ちているのを見たことがない。その手入れの行き届いた店構えだけでも、料理のおいしさが想像できるようだった。

とはいえ、葉は一度も入ったことはないし、これからも入ることはないと思う。切り詰めて暮らす葉には分不相応な店だ。

周囲にひとけがないのを確認すると、葉はそっとドアに近づき、上半分のガラス張りの部分から店内を覗き込んだ。表よりも店の中の方が薄暗いせいで、最初はガラスに映った自分の顔に焦点が合ってしまう。真黒な髪に縁《ふち》どられた陰気な顔。痩《や》せすぎのせいか目ばかりがぎょろぎょろと目立つ。十九歳という実年齢よりも幼くも見えたし、逆にひどく年老いても見えた。

見たくもないものから意識を逸らし、葉は店の中に焦点を合わせた。いけないことをしている気分になりながらも、葉はほとんど毎日、こうしてこっそり店内を覗き見てしまう。

テーブル席が五つと、カウンター席が八席ほど。そのこぢんまりした感じも、葉の好みだった。生まれ変わったら、こんな店の常連になれるような暮らしがしたいと密《ひそ》かに思う。

お腹の大きな若い女性が、テーブルの上を拭《ふ》き清めている。真っ白なきれいな布巾《ふきん》で、隅から隅まで念入りに。葉の普段の仕事ぶりとは大違いだ。

しばらくうっとりと店内を眺めてからドアを離れると、コックコート姿のシェフが店の裏側から鋏《はさみ》を手に姿を現したところだった。店先の鉢のハーブを切りにきたらしい。

いつも店の内外でこまめに立ち働いている若いシェフは、その顔立ちからして生粋《きっすい》の日本人ではないようだ。鼻筋が通った端整な顔に、薄茶の瞳と髪。とても背が高くてがっしりしているが、威圧感がないのは、そのやさしい表情のせいだろうか。

シェフが会釈《えしゃく》をしてくれたので、葉も慌ててぺこりと頭を下げ、逃げるようにその場を立ち去った。

覗いていたのを見られたかな。きまり悪く思いながらちらりと振り返ると、シェフはドアの前でお腹の大きな女性と立ち話をしていた。

おしゃれな店構えと、幸せそうな店主夫妻の姿は、なんとも絵になる。

ずっと見ていたいような、すぐにでも立ち去りたいような、相反する二つの感情に見舞われながら、葉はバイト時間のことを思い出して歩を速めた。

バイト先のトイレ掃除当番は三日に一度のローテーションで回ってくる。薄暗くてきれいとはいいがたいトイレを掃除するのは、あまり楽しくない作業だった。毎日最低限の清掃をしているから、衛生的にそこまで汚れているわけではないが、奥の隅っこにずっとあるクモの巣とか、天井の排気口に付着した大量の灰色の埃《ほこり》とか、掃除当番が回ってくるたびに気になっていた。

だが、掃除の時間は限られているし、誰もやらない面倒な仕事を買って出るほどの気概《きがい》も気力も葉にはなかった。

トイレだけではなく、店内や厨房も、決して清潔とは言いがたい。通路に割りばしの空き袋が落ちていても、店員は誰も拾わない。余計な労力を使うのは損という空気が職場全体に流れていて、根は生真面目《きまじめ》な葉も、段々とそれに毒され始めていた。客としては絶対入りたくない店だと思いながら、葉は毎日黙々と働いていた。フロアの接客業務のみという条件で採用されたが、皿洗いはもちろん、調理でもなんでもやらされる。そのうえ、募集要項には通勤手当支給と書いてあったのになぜか支給してもらえず、逆に無料貸与《たいよ》のはずのユニフォーム代が差し引かれていた。

「有村、これ四番」

自ら厨房《ちゅうぼう》に立つ四十代の店長が、フライドポテトの大皿を差し出してくる。葉が受け取ると、店長はバッシングされてきた食べ残しの皿からパセリをつまみとり、葉が持っている皿に添えた。

うわっ……と思った内心が顔に出たのか、店長が浅黒い顔をしかめる。

「どうせ誰も食わねぇよ、そんな添え物」

言い返すだけの倫理観も、すでに葉からは失われていた。下手《へた》に逆らってクビになったら、路頭に迷って困るのは葉の方だ。

ポテトを指定のテーブルに届けると、いきなり酔った中年の客に怒鳴られた。

「さっきあのオネエチャンに生中《なまちゅう》のおかわり頼んだのに、どんだけ待たせるんだよ！　ちんたらしてるとぶっ殺すぞ」

「申し訳ありません。すぐにお持ちします」

スタッフのやる気のなさに見合うように、客層もあまりよくない店で、怒鳴られたり、手を出されたりすることも少なからずあった。

厨房に戻って、あのオネエチャン呼ばわりされていた年上の女性店員、矢島《やじま》に声をかける。

「四番さんから生中のオーダー入ってませんか？」

「えー、そうだっけ？」

矢島は不機嫌そうな顔で、ピンク色のリップクリームを念入りに塗り込んでいる。

葉は黙って生中を運び、また「遅い！」と怒鳴られた。

「使えねえな、ったくよ。どこの学生だよ？　学校名を言ってみろ」

大学生だとでも思われたらしい。葉は愛想笑いを浮かべて、弱々しくかぶりを振った。

「すみません、学生ではありません」

「学生じゃない？　フリーターってやつか？　まったくいまどきのやつらは仕事舐めてるよな。俺たちの頃は、正社員として定年まで勤めあげるのが当たり前だったのに、最近は自分探しとかいって、フリーターだの派遣だのって、気楽なもんだよな」

正社員にならないのは本人のやる気の問題。時代の変化を理解できないまま、いまでもこんなふうに思い込んでいる世代は存在する。

大卒でも働き方は様々な時代、ましてや中卒でなんの資格もない葉に、定年まで安泰な正社員の口などそうあるものではない。

閉店は十二時。あと片付けと簡単な清掃を終え、また一時間ほど歩いて帰る。

疲れた脚を引きずりながら、お気に入りのビストロの前を通るときだけ、葉の気持ちは一瞬和《やわ》らいだ。店はもうとっくに閉まっている時間だが、日よけの下にともる小さな明かりが、店の入り口をふんわりと照らし出している。それは、夢の国に続くドアのように見えた。

店舗《てんぽ》の二階が自宅になっているらしく、カーテン越しに明かりが洩れている。どこにでもある幸せな家庭。でも葉にとっては希少な展示物のようで、その神々《こうごう》しい明かりを立ち止まってしばらく眺めたあと、自分のアパートに帰り着いた。

父親の生前から住んでいる古い1DKのアパートは、家賃四万五千円。手取りの月収が十万にも満たない葉には、その支払いが重かった。極狭のボロボロのワンルームでもいいから、もっと安い部屋に引っ越したいし、実際不動産屋の店頭で条件に見合う物件を見つけてもいる。

だが、天涯孤独の未成年で預貯金ゼロの葉には、転居すること自体が不可能だった。むしろ、今住んでいるアパートの大家がいい人で、父を亡くしたときに退去を迫られなかったことに感謝するほかはない。だから葉は、どんなに生活が厳しくても、家賃の滞納だけはしたことがなかった。

葉の母親は物心つく前に亡くなっていて、ずっと父親と二人暮らしだった。父はあまり身体が丈夫ではなく、葉の中学卒業と前後して亡くなった。

当時の担任が親身に進路を心配してくれて、葉は中学卒業とともに町工場に就職したが、工場は一年後に倒産した。

その後は、主に飲食店を中心に職を転々という状況になった。葉が自ら辞めた仕事はひとつもない。店が閉店になったり、インフルエンザで出勤停止になったせいで解雇されたり、状況は様々だがそんなことの繰り返しで、今勤めている居酒屋が、六件目の勤務先だった。

しかるべきところに訴え出れば不当解雇を認められそうな状況もいくつもあったし、未成年の葉を助けてくれるセーフティーネットは存在したはずだ。だが、周囲に相談できる大人はおらず、そんな悠長なことをしている暇《ひま》もなかった。生きて行くために、次の仕事を見つけることにいつも必死だった。幸か不幸か葉の真面目すぎる性格のせいで、その困窮《こんきゅう》を誰にも気づかれることなく、今までひっそり生きてきた。

父親が生前使っていたものなどもそのまま放置された廃墟《はいきょ》のような部屋で、葉は一人、誰にも聞かれることのない溜息をもらす。

最初の就職先を世話してくれた中三のときの担任がよく言っていた。

『人間が持っている運の分量はみんな一緒なのよ。だから、今、お父さんを亡くしてつらい思いをしている有村くんには、きっとこの先すごくいいことがあるわ』

あれから四年。思い出せる限りいいことはひとつもなかった。

ああいう格言めいたことはだいたい当たらないと、葉は思っている。天は二物を与えずなどと言うが、持っている人は二物も三物も持っているものだ。運だって、いい人間はずっといいし、自分のような人間は一生運に恵まれないまま野垂れ死ぬのだ。

あのときの担任も、その後出産を機に教師を辞め、今は音信不通だった。

遅い夕飯代わりに、葉は食パンにかじりついた。咀嚼《そしゃく》しているうちに、段々と噛んだり飲みこんだりすることすら面倒になってくる。誰にも必要とされず、何の楽しみも持たない人間が、こんなふうに物を食べて生きながらえることに、意味なんてあるのかな。

もそもそしたパンが頬の内側の水分を吸って、ピリッと痛む。また口内炎かと嫌気がさす。

身体が丈夫でなかった父親の遺伝なのか、葉もしょっちゅう体調を崩す。口内炎はその前触れのことが多い。父親が残してくれた唯一の遺産が虚弱体質だなんて。

やけくそになってもらした笑い声が、静かな部屋の中に響いて、なにもかもが嫌になった。

案の定、翌日はひどく身体がだる重かった。

だが少々の体調不良くらいで仕事を休むわけにはいかない。うんざりするような職場だが、またクビになって新しい仕事先を見つける労力と、見つかるまで収入が断たれる恐怖を考えると、多少具合が悪くても仕事に行く方がましだ。

閉店後と開店前に一通り掃除をするのに、店内は今日も散らかっている。エアコンの吸気口には油気を帯びた埃が積もり、厨房とフロアの境目におしぼりの袋とつまようじが落ちていたが、誰も拾おうとしない。

葉が拾おうとしたとき、厨房から「有村」と呼ばれた。

「これ、五番」

揚げ餃子《ぎょうざ》とサラダの皿を店長が渡してよこす。この店の食器はみんなどこかしら欠けている。葉も洗い物をしているときにぶつけて、何枚か縁を小さく欠いてしまったことがあるが、誰も気にしない。

受け取った瞬間、サラダの皿からプチトマトがひとつ床に転がり落ちた。店長は舌打ちすると、面倒くさそうにそれを拾い、なにごともなかったようにサラダの皿に戻した。

ありえない。何考えてるんだよ。

だが、昨日のパセリ同様、それを指摘するには、葉はあまりにも無力だったし、疲弊《ひへい》しすぎていた。

黙って二つの皿を持って、フロアに向かう。そのとき、急にするっと足元が滑った。両手がふさがっていたせいでバランスが取れず、そのまま宙に浮くように身体がうしろに倒れていく。

コンクリートの床に尻を打ち付ける寸前に、皿を放り出して右手をついた。途端に不吉な音がして、右手の小指に激痛が走った。

「……っ」

「なにやってんだよ！」

店長が怒鳴りつけてくる。

「すみません」

「ったく使えねえな」

葉は激しく痛む右手の指を庇いながら、身体を起こした。足の下に、さっき拾い損ねたおしぼりの袋があった。それが足を滑らせた原因らしい。

「さっさと片付けろよ」

店長にどやされて、葉が箒《ほうき》と塵取《ちりと》りを取りに行こうとすると、リップクリームを塗っていた矢島が目を丸くした。

「有村くん、手、ヤバくない？」

矢島の言うとおり、右手の小指は紫色に腫《は》れはじめていた。

「大丈夫です」

パニックに陥《おちい》りそうになる自分を必死で抑えて答えたが、痛みは尋常《じんじょう》ではなかった。

「病院に行った方がいいよ。セブンの角を曲がってまっすぐ行ったところに、夜間救急指定の病院があるから」

「でも……」

混乱して躊躇《ためら》う葉に、店長が面倒くさそうに言った。

「行ってこい。ただし仕事中の怪我だって言うなよ。おまえの不注意で転んだんだからな」

「うわ、せっこ」

矢島がぼそっと呟いて、またリップクリームを塗り始める。

病院に行っている時間のバイト代を差し引かれるのが気がかりだったが、指の激痛に負けて、葉はユニフォームを脱いで病院に向かった。


明け方、熱に浮かされて葉は目を覚ました。頭がガンガンして、喉がひどく痛かった。どうやら昨日からうすうす感じていた体調不良は風邪だったらしい。熱の原因がそのせいなのか怪我のせいなのかわからないまま、葉は薄汚れたアパートの壁をぼんやりと眺めた。

昨夜、病院で診《み》てもらった結果、右手の小指は骨折していて、全治三週間とのことだった。レントゲンを撮ったり様々な処置をしたりで、初診料と合わせて結構な額になったうえ、夜間料金を加算されて、葉にとっては心臓が止まりそうな額の支払いをするはめになった。

閉店時間間際に店に戻ると、店長から今月分のバイト代を渡された。

『その手じゃ仕事は無理だろうから、明日からもう来なくていいよ。あ、割れた皿の弁償《べんしょう》は、特別に免除しておくから』

ありがとうございます、と呟く自分の声が、どこか遠くから聞こえた。店長が立ち去ったあと、矢島が呆れ顔で寄って来た。

『お礼言ってる場合じゃなくない？　仕事中の怪我なんだから、クビどころか、本当ならなんとか保険とかおりるはずだよ。ちゃんと誰かに相談した方がいいよ』

誰かって誰だろう。弁護士とか？　だが、葉には弁護士に支払う金などないし、店長にクビの撤回《てっかい》を求めたところで、この怪我では当面仕事にならないのは事実。

明日になったら、新しい仕事を探さなくては。

そんなことを考えながら帰宅し、熱と悪寒に朦朧《もうろう》としながら眠りについた。

そして今、目を覚ました葉は、スイッチが切れたように、すべての意欲を失っていた。

頭が割れるように痛くて、小指もズキズキと痛んだ。

全治三週間。こんな状態の自分を雇ってくれる職場があるはずがない。

疲れた。もうなにもかも。

父親を亡くして四年。生き物の本能に突き動かされて必死に生きてきたけれど、こうして我に返ったら、生きている意味がよくわからなくなった。

誰にも必要とされていないのに。

熱と痛みに耐えかねて、葉は薬の袋に手をのばした。三日分処方された鎮痛《ちんつう》消炎剤を全部一度に飲んだら、死ねるのかな。

朦朧とした誘惑を、葉は押しのけた。多分、この程度の量ではうまくいかないだろうし、完《かん》遂《すい》できたとしても、ここでは大家やほかの住人に迷惑がかかる。

遂行するなら、誰にも迷惑をかけない場所と方法を選ぼう。

葉はよろよろと起き上がってキッチンに向かい、コップに水道水を汲んで、一回分の薬を飲みこんだ。空腹時を避けて服用するようにと薬剤師に注意されたが、胃が荒れる心配などいまさら必要なかった。

もうこの人生はおしまいにする。

熱が下がったら、家賃と、粗大ごみを処分してもらうための費用を大家に支払って、この部屋を出よう。手持ちの金を全部支払いに宛《あ》てれば、なんとかなるだろう。

そう決めたら急に気が楽になって、葉は再び眠りについた。

2

夕暮れ時、ビストロLucas《ルカ》の前で、葉《よう》はひとつ深呼吸した。二日ばかりなにも食べていないせいで胃が縮《ちぢ》んだのか、空気は際限なく肺に吸い込まれるようだった。吐き出すとき、めまいがして、足元がふらついた。

いつも営業時間外にばかり覗いている店に、今日は営業中の札がかかり、カラフルなチョークでメニューが手書きされた黒板が出ていた。

薄暗い通りから、思い切って店内に足を踏み入れると、あたたかい明かりと、客の楽しそうな笑い声に出迎えられた。場違いな空気をひしひしと感じ、逃げ出したくなる。

「いらっしゃいませ」

若い男の店員が、笑顔で葉を出迎えてくれた。

「お一人ですか?」

葉が頷くと、カウンター席に案内される。カウンター越しに厨房が見えて、あの異国風の顔立ちのシェフと目が合った。

男はにこっと笑って「いらっしゃいませ」と声をかけてきた。顔立ちに似合わず、完全に日本人のイントネーションだった。

今日、葉はアパートを引き払ってきた。荷物は両親の写真と財布が入ったメッセンジャーバッグだけ。右手が自由に使えないこともあり、ほかのものはすべて業者に処分を頼むことにして、その費用は大家に預けてきた。

この世を去ることに決めた葉は、最後の最後に一度だけ、憧れの店に入ってみることにした。部屋を出る前に三日ぶりにシャワーを浴びて、持っていた中ではいちばんいいデニムとシャツを身に着けてきたけれど、右手が使えなくてシャンプーもドライヤーもうまくいかなかったし、ジーンズもデザインとしてではないリアルなダメージがひどくて、店の雰囲気から浮いている気がした。

だが、店のスタッフは誰も葉を不愉快そうな目で見たりしなかった。

例のお腹の大きな女性が、ミネラルウォーターとおしぼりを持ってきてくれ、笑顔でメニューの説明をしてくれた。

「今日はこちらのイベリコ豚のローストのコースがおすすめです」

メニューに視線を落として、ひやっとした。葉の財布にはすでに千数百円の現金しかなかった。

葉はカウンターの端に立てかけられたグランドメニューをちらりと見た。向こうには、サラダとか、なにかもう少し安価な単品メニューが載っているに違いない。

だが、右隣に座っている中年の夫婦らしい二人連れが、おすすめの豚のローストと思われるものを食べていて、その見るからにおいしそうな色合いと香りが、葉を誘惑した。

これが最後の晩餐《ばんさん》。この店を出たら、あとは迷惑のかからない死に場所を探すだけの身だ。もうすぐ死のうという人間が、金の心配なんてばかばかしい。

「それじゃ、それを……あの、サラダとかデザートとかなしで、単品でも大丈夫ですか？」

「アラカルトでももちろん承ります」

女性は感じよく微笑《ほほえ》み、明るく柔らかい声で、厨房にオーダーを通した。

その瞬間にはもう後悔していた。単品でも、持っているお金では足りない。支払いができないとわかっていながら注文するのは、犯罪だ。

隣の二人連れはシェフと知り合いらしく、食事をしながらカウンター越しに気さくに談笑していたが、葉はそのやりとりを耳に留める余裕もなかった。

どうしよう。やっぱりやめるって言おうか。

でも、このこぢんまりした店内で、目を引くような言動をとれば、今楽しそうに食事をしている人たちみんなが不快な思いをすることになる。

この二日、水以外口にしていないので、うまく頭が回らず、思考は堂々巡りするばかりだった。

そうこうするうちに、湯気の立った一皿が葉の前に運ばれてきた。前の勤め先の居酒屋の食器と違って、どこも欠けていない清潔な白い皿に美しく盛り付けられた、目にもおいしい夢のように美しい一皿。

だが、隣の席の客のものと、少しだけ盛り付けが違う。隣の皿は一枚肉だったが、葉の皿は肉がひと口大に切り分けられ、添えられた温野菜も小さめになっていた。

葉の怪訝《けげん》そうな視線に気づいたのか、女性が説明してくれる。

「右手にお怪我をされているようなので、召し上がりやすく、シェフがカットさせていただきました」

驚いて顔をあげると、カウンター越しに薄茶色の瞳がやわらかく微笑んだ。

突然涙がこみあげてきた。歯を食いしばってそれを押しとどめると、喉の奥がひりひりと灼《や》けるように痛んだ。

最後の晩餐に選んだ、夢の店。そこは想像以上に素敵な店だった。矛盾《むじゅん》しているようだが、いっそがっかりさせられるようなひどい接客ならよかったのにと思う。店の雰囲気にそぐわない客など鼻先で笑って、適当にあしらう店なら、無銭飲食のうしろめたさが少しは薄らいだのに。

シェフにぺこりと頭を下げて、葉は左手でフォークを持った。いちばん端の、小さな肉のかけらを、おずおずと口に運ぶ。肉は柔らかくて甘みがあり、身体中に沁みわたるようにおいしかった。また涙が出そうになって、必死でそれを抑え込むと、口の中のものを飲みこむのが困難になった。

自分が注文した一皿。こうしてオーダーが通ってしまったからには、食べなければ無駄になってしまう。でも、それ以上食べることができなかった。

これは犯罪だ。自暴自棄《じき》になるのは勝手。でも、人に迷惑をかけることだけは、絶対にいけない。

どれくらいの時間、フォークを持って固まっていたのだろうか。

「お客様、お口に合いませんでしたか?」

シェフが傍《かたわ》らで腰を屈《かが》め、気遣わしげに声をかけてきた。料理からはすでに湯気はあがっておらず、右隣の客もいなくなっていた。

遠慮《えんりょ》がちに顔を覗き込んでくるシェフは、精巧に作られた人形のように美しかった。少し癖《くせ》のある茶色の髪。カンロ飴《あめ》みたいな薄茶の瞳。口元には微笑が浮かんでいるが、目は心配そうに葉を見つめている。

謝らなくちゃ。自分の犯した罪を。

やさしげな男の目に軽蔑《けいべつ》の色が浮かぶところを想像すると怖かったけれど、正直に打ち明けなくてはいけないと思った。

「あの……」

葉はガタガタと椅子を鳴らして、勢いよく立ち上がった。

とたんに、ここにいるのにいないような、妙な現実感のなさにとらわれる。よろけてたたらを踏んだ脚が、膝からぐにゃっと曲がった。

「お客様？」

シェフが驚いたような声で呼びかけてくる。応えようとしたが声が出なかった。一気に気分が悪くなって、全身の血の気が引いていくのがわかる。

遠のく意識の中で、シェフのコックコートの胸に抱き留められるのがわかった。糊《のり》のきいた生地はひんやりとして、とてもいい匂いがした。


目を覚ました葉の目に最初に飛び込んできたのは、窓ごしの光を背にしたキラキラとしたシルエットだった。光に輝くふわふわの髪と、自分の顔を覗き込む美しい瞳。

一瞬、自分はとうとうあの世に到着したのだと思った。

「……天使さま？　ここは天国ですか？」

ぼんやりと呟くと、相手の瞳に笑みが浮かんだ。

「いったいどんな夢を見てたの？」

その声を聞いて、現実に立ち返る。黒の薄手のニットにデニムというカジュアルないでたち

だったが、男はあのビストロのシェフだった。

混乱した葉が状況を訊ねる前に、男はうしろを振り返った。

「戸田《とだ》先生、目を覚ましました」

「そうか」

奥から出てきた中年の男性にも見覚えがあった。ビストロで葉の隣に座っていた二人連れの一人だった。

ここがどこで、今が何時なのかわからず、不安にかられて目を泳がせていると、戸田先生と呼ばれた男がやさしく言った。

「ここは僕の診療所です。きみは昨夜、瑠可《るか》くんの店で気を失って、ここに連れてこられたんだ。覚えてる？」

いいえ、とかぶりを振りながら、葉はまた血の気が引いていくのを感じた。

診療所ということは、診察代がかかるということだ。しかも倒れたのは夜。骨折で多額の深夜料金を請求されたのを思い出して、心拍数が一気に上がる。どうしよう。昨夜の食事代すら払えないのに……。

「きみは低栄養状態、いわゆる栄養失調だ。食生活で、なにか思い当たることはある？」

「……風邪を引いて、ここ二日くらい、食事がとれなかったので、そのせいだと思います」

葉がもごもご言い訳すると、戸田は数字が書かれた紙片に目を落として、眉をひそめる。

「二日絶食しただけでこんなにヘモグロビン値が低くなることはないよ。下手《へた》すりゃ輸血が必要なレベルだ。臓器出血の可能性もなくはないから、一度精密検査を受けた方がいい」

すぐにでもこの世から去る予定なので、精密検査は大丈夫です、と、心のなかで呟く。それに、貧血と言われれば心当たりはある。もう随分《ずいぶん》長いこと、食パンばかりかじっていて、あまりまともなものを食べていなかった。

「一応、栄養剤の点滴をしておいたけど、点滴は根本的な治療にはならないから。とにかく食生活に気をつけて。まずは鉄剤の処方箋《しょほうせん》を出しておくからね」

点滴！　処方箋！

いったいいくら請求されるのだろうと、不安で心臓がドキドキしてくる。そして、常に金の心配ばかりしている自分に嫌気がさす。

「今、持ち合わせがなくて……」

葉はおずおずと事実を告げた。

戸田がなにか言う前に、瑠可と呼ばれていたシェフが戸田に向かっていたずらっぽい声で言った。

「次回のご来店時に、お好みのワインをサービスさせていただくということで、どうですか」

「いいね、楽しみだ」

自分の診察代の話だと気付いて、葉は慌てて言った。

「あとで必ず払います！」

二人は肯定《こうてい》とも否定ともつかない笑みを返してくる。

今すぐこの世を去るわけにはいかなくなった。診察代と瑠可の店の支払いをきちんとしなければ。日雇いの仕事を探して一週間くらい働いたら、なんとか払えるだろうか。

それでふと、昨夜の料理のことを思い出した。

「あの、昨日俺が注文した料理は、どうなりましたか？」

急に勢い込んで訊《たず》ねる葉に、瑠可が驚いた様子で目を丸くする。

「どうって……普通に片付けたよ」

あの素晴らしいご馳走《ちそう》が無駄になってしまったのだと思うと、俄《にわ》かに涙が込み上げてきた。

「……ごめんなさい」

自分なんかが注文したばっかりに。

もったいない。あんなに美しくて夢のようにおいしかったのに。処分されてしまうくらいなら、あのとき食べてしまえばよかった。

「どうしたの？　大丈夫？」

シェフが葉の肩に手をのせて、顔を覗き込んでくる。薄いシャツからしみこんでくるその手のひらのあたたかさに、さらに涙が出た。

「ごめんなさい、あんなにおいしいものを、粗末にしてしまって……」

瑠可は少し困ったような顔で微笑んだ。

「泣くほどもったいながってくれるなんて、料理人冥利《みょうり》に尽きるな。またぜひ食べに来てください」

そうしたいけれど、もう二度と口にする日は来ない。

葉はみっともない涙を手の甲《こう》でぐいと拭《ぬぐ》って、ベッドから足をおろした。

「色々とご迷惑をおかけしました」

「診療時間まではまだあるから、もう少し休んでいったら？」

戸田が声をかけてくれたが、葉は首を横に振った。

「大丈夫です。あの、近いうちに、必ず支払いに来ますから」

まだ足元はおぼつかなかったが、点滴のおかげか昨夜のようなふらふら感はなかった。

「送って行くよ」

葉と一緒に通りに出た瑠可が、声をかけてくる。隣に並ぶと、その背の高さが際立って感じられた。朝日を背にして、男のシルエットはキラキラと浮き上がって見えた。

「一人で大丈夫です」

「でも心配だから」

本当に、天使か、神様か、信じられないくらい親切な人だと思う。失神した葉を診療所に運んでくれたのみならず、翌朝こうして様子を見にきてくれて、家まで送ってくれようなんて。

葉の罪悪感はさらに増し、瑠可の眩《まぶ》しさから視線を逸らしながら財布を取り出した。

「昨日のお支払いがまだだったので」

千円札が一枚と、数枚の硬貨。全財産を瑠可に差し出す。

「足りない分はあとで必ず払うので、どうか許してください」

お金を瑠可の手に押し付けて、地面に指の先がつくくらい深々と頭を下げた。

持ち金がないまま食事をしようとしていたことが、これではっきりバレてしまった。このまま警察に連れていかれても、文句を言える立場ではない。

「結局食べなかったんだからいいよ」

「そういう問題じゃないです。本当に必ず数日中に残りを払いますから」

葉は心からそう言うと、逃げるようにその場を立ち去ろうとした。お金を払うつもりなのは本当で、だから決してそういう意味で逃げようとしたわけではない。ただ、持ち金もなく行き倒れたりしたことを不審に思われて、あれこれ事情を訊ねられたくなかったのだ。本当なら今頃はもうこの世にはいなかったはず。そんな物騒な境遇を、縁もゆかりもない相手の平和な日常の前にさらしたくなかった。

だが、瑠可は歩調を合わせて傍らをついてきた。

「また途中で倒れたりしたら大変だから、家の前まで送るよ。お寺の向こうの、袋小路のアパートだよね？」

昨日まで住んでいた部屋の場所をいきなり言い当てられてぎょっとする。

葉の表情を見て、瑠可はおどけたような笑みを浮かべた。

「別にストーカーじゃないよ。きみ、よくうちの店の前を通るでしょう？　あのアパートから出て来るのを何度も見たし、普通に顔見知りのご近所さんっていう感覚だったから」

葉は一気に顔が熱くなるのを感じた。

自分だけが一方的にあの店を知っているつもりだったけれど、まさか店主に顔見知りとして認識されていたなんて。

お金を払わずに飲食することは、いついかなるときでも等しく犯罪だけれど、見知らぬ相手以上に顔見知りにされる方が、きっとより気分が悪いと思う。

こんな親切な人に対して、自分は本当に最低な行いをした。どれだけ謝っても許されることではないと思うと、軽々しい謝罪の言葉を連ねることもためらわれ、葉はぐっと唇を嚙んだ。

本当はもう葉の住処《すみか》ではないアパートの前で、葉は再び深々と頭を下げた。

「飲食代の残りと、お世話になった病院の代金、絶対に、必ず、払いに行きます」

「あら、葉くん？」

そのとき不意にしわがれた声で呼ばれて、葉ははっと顔をあげた。裏に住んでいる大家の奥さんがゴミ出しに出てきたところだった。

「どうしたの？　退去は昨日済んでるのに、なにか忘れ物？」

「いえ、あの……」

「今日、粗大ごみの業者さんが来ることになってるけど、中にあるものは本当に全部処分しちゃっていいのね?」

「はい」

葉が蚊の鳴くような声で答えると、奥さんは「身体に気をつけてね」と言い置いて、家の方へと戻って行く。

「ここ、退去したの?」

瑠可に静かな声で訊《き》かれて、葉は動揺で血の気が引くのを感じた。

すでにここには住んでいないことを言わずに瑠可が送ってくれるのに任せたのは、ややこしい事情を話して同情されたり迷惑をかけたりしたくなかったからだ。ここで瑠可と別れたら、すぐにでも日雇いの仕事を探すつもりだった。

だが、瑠可の目にはどう映っただろう。ここに住んでいるふうを装って、瑠可が立ち去ったら雲隠れするつもりだったと思われても仕方がない。多分、誰でもそう思うだろう。

葉は瑠可の方へ向き直り、目を泳がせながら口を開いた。

「あの、これは、違くて……。俺、お金はちゃんと、本当にお返しするつもりでいます」

瑠可は腕を組んでしばし考え込む様子を見せてから、言った。

「とりあえず、僕の家で朝ごはんを食べながら話し合おう」

葉は首を横に振った。

「朝ごはんなんて……あの、お金が、食事代が払えないので……」

またお金。いつもお金のことばっかり。自分が心底嫌になる。

目の前の美しい男は、同情してまた「お金なんかいいよ」などと言いだすのではないだろうか。それはそれで、いたたまれない。

だが、男が微笑みながら発したのは、まるで違う台詞《セリフ》だった。

「きみに拒む権利はないでしょう？」

「え？」

「きみは昨夜、僕の店で所持金が足りないとわかっていながら飲食をしようとしたんだよね？」

穏やかな声音ですぱっと断罪されて、葉は身を強張《こわば》らせた。

「本当にすみませんでした」

「しかも、もうここには住んでないっていう。このままだと残りの代金を踏み倒されかねないから、僕はきみの身柄《みがら》を拘束《こうそく》する。なにか反論は？」

やっぱり疑われていたのだ。自業自得だけれど、ショックだし、恥ずかしくて情けなかった。

もう一度「反論は？」と問いかけられて、葉は力なく首を横に振った。

「じゃあ行こう」

促されて、葉は男のうしろを歩いた。無銭飲食のみならず、気を失って面倒をかけ、そのうえこんな後味の悪い思いをさせてしまって、ただただ申し訳ない気持ちで葉の心ははち切れてしまいそうだった。

見慣れた店の前で、お腹の大きな女性が鉢植えの花柄を摘《つ》んでいた。

「由麻《ゆま》ちゃん、早いね」

「ゆうべのことが気になって……」

言っている途中で、瑠可の背後の葉に気付いた様子で、片手でお腹を押さえながら立ち上がった。

「よかった、歩いてる。もう大丈夫なの？」

やさしく声をかけられて、葉はまた深々と頭を下げた。

「奥様にも、本当に申し訳ありませんでした」

「え、奥様？　私が？」

由麻と呼ばれた女性は全然関係ないことに反応して、弾けるように笑い出す。

「やだ、どうしよう。私、瑠可のお嫁さんだと思われてるよ？」

夫婦だとばかり思っていたが、どうやら葉の勘違いだったらしい。

「ちょーウケる！　健太郎《けんたろう》くんに言ったら絶対大爆笑されるよね」

自分の勘違いよりも、この空気に気付いていない由麻のハイテンションに葉はひやひやした。

代金を踏み倒して逃げようとしたと思い込み、葉に立腹している瑠可は、今はそれどころではないはずだ。

だが、瑠可は店の鍵《かぎ》を開けながら、意外にもくすっと笑った。

「由麻ちゃんは僕の奥さんじゃなくて幼馴染みだよ。ここ、座って」

四人掛けのテーブル席の椅子をひとつ引いて、瑠可が言う。葉が座らずにいると、少し語気を強めてもう一度言った。

「座りなさい。きみには僕の言うことに逆らう権限はない」

葉がビクッとして腰をおろすのを見届け、瑠可はカウンターの奥に入っていった。由麻が目を丸くして瑠可の背を視線で追い、それから葉の向かいの席に腰をおろして顔を近づけてきた。

「なにかの罰《ばつ》ゲーム？　それとも新手のプレイ？」

「由麻ちゃん。いたいけな若者に変なこと言わない」

「だって瑠可がそんな威圧的な言い方するの、初めて聞いたし」

つまりそれくらい怒っているということだと、葉は身を縮めた。

レンジの音がしたと思ったら、瑠可が湯気のあがったスープカップを持ってきて、葉と由麻の前に置いた。

「わ、カボチャのポタージュね。おいしそう」

由麻が嬉しそうな声をあげる。

「どうぞ」

「いただきます！」

由麻はすぐにスプーンを手に取ったが、葉はどうしていいのかわからずに固まるばかりだった。

「食べて。話はそれから」

由麻の隣に座った瑠可が、有無を言わさぬ調子で告げてくる。

葉は緊張しながら左手でスプーンを持った。

「瑠可のポタージュ、すごくおいしいのよ。手で漉《こ》して作るの。私はミキサーを使ったのより、この方が好き」

漉すとかミキサーとか、葉には手順はさっぱりわからない。でも、一口食べて、そのおいしさに涙が出そうになった。

昨日も肉料理をほんのひとかけ食べただけで涙がわいてきたけれど、それはうしろめたさから来る後悔の涙かもしれないと思っていた。

でも改めてその料理を口にしてみて、やっぱりおいしすぎて泣きそうだと思った。やわらかい口当たり。野菜の甘味。ごくかすかな塩味。飲みこむと、胃に届く前にすうっと身体じゅうにしみこんでいく感じがした。

葉がスープを食べ終えると、瑠可は口を開いた。

「まだちゃんと自己紹介をしていなかったけど、僕はこの店のオーナーの花井《はない》瑠可です。こちらは田畑《たばた》由麻ちゃん。きみの名前も教えてもらえるかな」

「有村《ありむら》葉です」

「歳は？」

「十九です」

「なになに？　取り調べみたい」

由麻が興味深げに茶化してくる。それに対して特に説明するでもなく、瑠可は続けた。

「その怪我、包帯が新しそうだけど、どうしたの？」

「これはバイトで……」

言いかけて、店長に口止めされたことを思い出した。

「あの、バイトに行く途中に転んで骨折しました」

「骨折？　痛かったでしょう」

由麻が、まるで自分が怪我をしたかのように痛そうな顔になる。

「労災の申請はした？」

瑠可の問いかけに、首を横に振って、うそを重ねた。

「仕事中の怪我じゃないので」

「通勤時の怪我も申請できるはずだよ。バイト先の上司は教えてくれなかったの？」

葉は無言でうつむいた。

それどころか、仕事中の怪我だということを口止めされた。

「今、バイトはどうしてるの？」

「辞めました」

「バイトも辞めて、アパートも引き払った、と。実家にでも帰るのかな？」

「いえ、両親はもういないので、実家はないです」

つい正直に答えてしまって、自分のバカさ加減に呆れる。

身寄りも仕事もないなんて、金を返す気がまったくないと思われても仕方がない。

「本当に、お金は必ずお返しします。日雇いの仕事でもなんでも探して……」

「その手の状態で日雇い労働なんかできると思う？」

瑠可に問われて言葉を失う。それはそうだ。労働力にならないから、居酒屋だってクビになったくらいなのだ。

黙り込む葉を見つめて、瑠可は言った。

「見てのとおり、由麻ちゃんは赤ちゃんが生まれるから、もうじき産休に入るんだ」

「サンキュー！　なんちゃって」

「……由麻ちゃん、ちょっと黙ってて」

「ごめんなさい。場を和《なご》まそうと思ってて」

「それで人手が足りなくなるので、由麻ちゃんが復帰するまでパートさんを探そうと思っていたところなんだ」

「あら、私が戻るまでは、健太郎くんと二人でなんとか回すって言ってたよね？」

「由麻ちゃん。いいから黙ってて」

瑠可は目顔で由麻を牽制《けんせい》し、先を続けた。

「なので有村くん、由麻ちゃんの産休中、店を手伝ってください」

「え？」

葉は意味がわからずに目を見開いて問い返した。

警察につきだされても当然なのに、逆に仕事を斡旋《あっせん》してくれるって、どういうことだろう。

「……あの、でも、俺、こんなおしゃれな店で働いたことないし、フランス料理とか全然わからないから、邪魔になるだけだと……」

「さっきも言ったけど、きみは僕に逆らう権限はない。仕事はきちんと覚えてください。昨日の飲食代と、戸田先生の診察料の分、きっちり働いてもらいます。あ、目を離した隙に逃げられると困るので、ここに住み込んでもらうから」

「瑠可ってば、いつからそんな鬼畜《きちく》キャラになったの？」

びっくりして声も出ない葉の向かいで、由麻がおかしそうに傍らの瑠可を見る。

「鬼畜で結構。もちろん、住み込みの家賃と食費は給料から差し引かせてもらう」

「あの、でも……」

「きみの意見は一切聞かない。今日から二十四時間こき使わせてもらいます」

こうして葉は、有無を言わせず瑠可の元に居候させられることになったのだった。

3

夕刻、病院から戻った葉《よう》が勝手口から店に入ると、厨房でディナータイムの仕込み作業をしていた瑠可《るか》が笑顔で迎えてくれた。

「おかえり、葉くん。指はどうだった?」

名前で呼ばれることにまだ慣れないまま、葉はおずおずと答えた。

「順調だって言われました。これ、支払い明細とお釣りです」

「OK。そこに置いておいて。ちょっと味見してみてくれる?」

きれいなきつね色のフライのようなものを長い指でつまんで、口元に差し出してくる。

ここに居候するようになって一週間。最初は瑠可がこうして頻繁《ひんぱん》に手ずから味見をさせてくることに戸惑ったが、さすがに七日目ともなると慣れてきて、小鳥のように口を開いてみせた。

ふんわりサクッとした衣に歯を立てると、中はとろりと甘かった。噛みしめるとベーコンの香ばしさと塩気が、甘さとほどよく混じりあってなんとも言えないハーモニーを奏でる。

「おいしい! なんですか、これ?」

「柿のフリット」

「柿？　くだものを揚げたのなんて、初めて食べました。すごくおいしいです」

「ホント？　よかった。今日は旬《しゅん》の柿を使ったけど、バナナやリンゴも合うから、今度作ってあげるね」

瑠可はごくナチュラルにもうひとつ葉の口元に運ぶ。口を開いたとき、勝手口が勢いよく開いて、石野健太郎《いしのけんたろう》が飛び込んできた。

「ちーっす！　あ、いいな、葉ちゃん、なに食ってるの？　俺にもアーン」

大学生アルバイトの健太郎が大きな口を開けると、瑠可は笑いながらフリットを口に押し込んでやる。

「っ……、っち、あっふぃー！　あふいっふよっ、うかはんっ」

どうやら健太郎が食べたのは揚げたてだったらしい。しかも小さめに切ってあった葉のものとは違って、そちらは丸ごとだったようで、健太郎は「熱い熱い」と言いながら、厨房を踊りまわっている。

「あっちぃけど、超うまいっす！　バケツ一杯食いたいくらい！　ね？」

人懐っこい健太郎に同意を求められて、葉はこくこく頷いてみせた。

ここに置いてもらうようになった当初、健太郎からも『よくこの店の前を通ってましたよね？』と言われた。自分では透明人間なみの存在感のなさだと思っていたのに、みんなに顔を

知られていたことに狼狽《うろた》えた。しかも、由麻《ゆま》と健太郎とでこちらをチラチラ見ながら、なにやらヒソヒソ話していたので、自分の無銭飲食のことを話しているのだと思い、絶対に快く思われていないだろうと、ネガティブに身構えていた。

だが、健太郎はまるで旧知の間柄《あいだがら》のように葉に気さくに接してくれ、仕事のことも色々教えてくれる。

仕事といっても、葉はまだ店の役に立つようなことはできていない。

飲食業で右手の怪我というのは致命的だった。ホールの仕事も皿洗いもできないし、雑巾《ぞうきん》すら絞れないから掃除もろくに手伝えない。

というよりなにより、店で働くことに関してはまだ瑠可の許可が下りない。

『こき使うためにも、まずは体調を万全に整えてもらわないと』

そう言って、瑠可が作った食事を三食きっちりとることと、整形外科にきちんと通院することが、今の葉にとっていちばん重要な仕事だと告げた。そして着替えを一枚も持っていない葉に、下着や服を買い与えてくれた。

それでは甘え過ぎだし、食費も通院費も衣料品代も自分では一切払えないことに引け目を感じていたが、瑠可は『すべて遠慮《えんりょ》なく給料から引かせてもらうから。一刻も早く怪我を治して、バリバリ働いてね』と、穏やかな笑顔で言うのだった。

無銭飲食を労働で償《つぐな》わせる。逃げられないようにひとつ屋根の下で見張る。

その前提を持ち出されると、葉は一切逆らえなくなってしまうのだけれど、それを盾《たて》に迫られることの内容が、むしろ葉の利益になることばかりなので、戸惑う。

「ただいま」

健太郎に続いて、家事と休息のため午後休憩《きゅうけい》をとっていた由麻も戻ってきた。

出産予定日は二ヵ月後だというが、妊婦をあまり間近に見たことのない葉にとっては、由麻の大きく張り出したお腹は今にもはち切れそうで、心配になってしまう。

「あの、申し訳ありません」

葉が小さな声でぼそぼそ言うと、由麻は不思議そうに「え、なにが?」と聞き返してきた。

「即戦力のバイトを雇えば、由麻さんはすぐに産休に入れるのに、俺が役に立たないせいで……」

由麻は笑い出した。

「いやいや、そもそも私、予定日の一ヵ月前までは働くつもりでいたし。ただでさえ体重増加を注意されてるのに、仕事を休んで家でゴロゴロしてたら、ますます太っちゃうよ。葉くんにお肉を分けてあげたいなぁ」

由麻が葉の頬を指先でツンツンつついてくる。

「でも葉くん、ここで行き倒れてた日よりは少しふっくらしたね。あのときは、骨格透けてる感じだったもん」

一週間しかたっていないが、確かに自分でも血色がよくなった自覚はある。

「瑠可さんのご飯を毎日食べてたら、もれなく健康的になれるよね」

健太郎がにこにこ話しかけてきて、葉が答える前に由麻が引き取った。

「気をつけた方がいいわよ。つやつやに太らせて、食べごろになったところをパクッといくつもりかも」

「ヘンゼルとグレーテルの魔女みたいっすね」

「ある意味、もっとたちの悪いやつかも」

「やべぇ。葉ちゃん、食われないように注意しないと」

二人は意味深な目配せをしあい、なにやらクスクス笑っている。

この一週間、時々こういう場面に出くわす。二人で葉のことを囁き合っているふうな場面。

自分のやったことや、それなのにこうしてぬくぬくと居候させてもらっていることを思えば、何を言われても当然だ。

だが不思議と、二人から悪意や敵意はまったく感じられなかった。なにかヒソヒソ言っているのは確かだが、葉に対しては親切だし、フレンドリーに接してくれる。

「そこの二人、変なことを言っていたいけな未成年をビビらせないように」

瑠可が窘《たしな》め顔で割り込んできて、三人の前にフリットが載ったステンレスのトレーを差し出した。

「干しいちじくバージョンも試食してみてよ」

二人はすぐに手を出した。葉が遠慮《えんりょ》していると、瑠可はまた葉の口元まで運んでくれる。

瑠可の手はいつもいい匂いがする。そういえば最初に倒れたとき抱き留められたコックコートもいい匂いだった。食われないように、と健太郎は冗談を言うけれど、瑠可の方がよっぽど食欲をそそるおいしそうな匂いをさせていると思う。

干しいちじくはむっちりとして、柿と同じくらいおいしかった。

「めっちゃおいしいっす！　でもフリットってイタリア料理じゃなかったっけ？」

二つ目に手をのばしながら、健太郎がちょっと首をかしげる。

「いまさらでしょ。瑠可はなんちゃってフランス人だから、フレンチに固執《こしつ》しないのよ」

「そういえば昨日のディナーコースのサラダ、ひじきを使ってましたもんね」

二人の会話を聞きながら、確かに、瑠可の作るものは、店で出すものも普段の食事も、色々なテイストが混ざり合っているなと思う。

葉の人生で今まで口にしたこともなかったような食材やメニューが多いけれど、何を食べてもおいしくて、なんだか涙腺にくる味なのだった。

夜の営業を終えて瑠可が二階の住居部分に戻ってきたとき、葉はアイロンかけをしているところだった。

洗濯は、葉がリハビリを兼ねて任せてもらっている数少ない仕事だった。店のテーブルクロスやナプキン、コックコートは、取り込んだあとに糊をきかせて丁寧にアイロンをかける。箸《はし》や包丁を左手で使うのは難しいが、洗濯ものを干す作業とアイロンは、時間をかければ左手メインでもできる。役立たずの自分にもこなせる仕事があることは、葉の気持ちを少し楽にする。

「お疲れさまです。風呂、沸かしておきました」

「ありがとう。葉くんはもう入ったの？」

「まだです」

「いつも言ってるけど、先に入って寝てていいんだよ」

「とんでもないです」

葉は頑《かたく》なにかぶりを振る。起きていても瑠可の役に立つようなことができるわけではないが、居候の身で先に風呂に入ったり寝たりできるわけがない。

そんな葉を見て、瑠可はコックコートを脱ぎながら笑う。

「やさしいね、葉くんは。起きて待っていてくれたお礼に、なにか夜食を作るよ」

どうやったらそんな思考になるのかと、葉はポカンとしてしまう。やさしいのは瑠可の方だ。無銭飲食しようとした葉を警察につきだすどころか、こうして雇用を前提に居候させてくれている、天使のような人。

だが、人とあまり好意的な会話を交わしたことがない葉は、感謝や称賛の言葉をうまく口にすることができない。かわりに口をついて出てきたのは、疑心暗鬼な問いかけだった。

「……どうして？」

「ん？」

「どうしてそんなに親切にしてくれるんですか。俺、犯罪者で、瑠可さんに迷惑しかかけてないのに」

「それはもちろん、太らせてこき使うためだよ。飲食代とか病院代とか、これから色々取り立てなきゃならないしね」

そう言われてしまうといつものように何も言い返せなくなるけれど、目つきと口調が芝居がかっていて、いかにも嘘っぽい気がする。

要するに、心底親切な人なのだろうなと思う。今まで葉の周りにはいなかった、お人よし。

葉が仕事先で出会った人たちは、身を粉《こ》にして働いたり人に親切にしたりすることは損だと考えている人が多かった。葉だってそうだ。一人で馬鹿正直に頑張っても報《むく》われないことは身をもって学んだ。やらなくて済むことはなるべくやらない。面倒なことは見て見ぬふり。

職場の上司が笑顔で話しかけたり褒《ほ》めたりしてくるときは、たいてい都合の悪いことを押し付けられたりクビを切られたりするときだったから、葉は人を信じなくなった。

そうやって身構えて常《つね》に疑心暗鬼でいることで自分を守ってきたから、瑠可をはじめこの店の人たちの親切な態度に馴染めず、裏があるような気がしてビクビクしていた。キャストだけではない。お客さんたちもみんな穏やかで感じがよく、キャストに暴言を吐いたりする人間は一人もいなかった。

虚構めいた世界に一週間身を置くうちに、葉はやっと世の中には本当にいい人ばかりが集《つど》う場所があるのだと理解し始めていた。

ある意味、それは葉が思っていた通りでもあった。運の良し悪《あ》しや幸せの分量には、歴然と格差がある。葉のように不運にばかり見舞われる人間もいれば、不幸が避けて通る幸せばかりの人たちもいる。そしてなんとなく、幸せな人たちの周りには、似たような人が集まる気がする。

絵に描いた王子様のようなルックスで、その見た目にふさわしい素敵な店を営《いとな》む瑠可。幸せな結婚生活を送り、もうすぐ赤ちゃんを授かる由麻。有名私大に通い学生生活を謳歌《おうか》しつつ、バイトを楽しむ健太郎。

食うに困って自ら命を終わらせることを考え、無銭飲食を働くような自分とは対極にある人たち。

かつての担任は、運の話と一緒に『つらい思いをした人は、人にやさしくできる人になるのよ』とも教えてくれた。『有村くんはみんなより大変な思いをしている分、人の痛みがわかるやさしい人になれるわ』と。

だが、つらい思いをすればするほど、心はすさんでいく気がする。人にやさしくする心の余裕など、葉は一片も持ち合わせていなかった。

一方でLucasの人たちは、特に辛酸《しんさん》をなめている様子もないが、とても親切でやさしい。人にやさしくできるのは、つらい思いをした人間ではなく、むしろ幸せで心にゆとりがある人間だと思う。セレブな人たちが寄付やボランティアをするようなもの。余っているからお裾《すそ》分《わ》けできるのだ。

「もしもし、葉くん？　もしかして怯えてる？」

アイロンの手をとめてあれこれ考えていたら、瑠可が間近に覗き込んできた。

「……いえ」

「こき使うって言っても、ちゃんと休日もあるし、三食おいしいものを食べさせるから、そんなに心配しないで？」

どれだけ酷使《こくし》されても文句なんか言わないのに、見当違いの心配をしてくれる瑠可の人のよさが、ちょっとおかしくなる。

と同時に、間近に覗き込んでくるその造作の美しさに、ふと見惚《みと》れてしまう。自然なウェーブがかかった茶色の髪。カンロ飴みたいな瞳に、白い肌。葉も血色が悪くて色白な方だが、黄味がかった葉の肌とは違い、瑠可は抜けるような白さだった。

「どうしたの？　僕の顔、変？」

じっと見つめている葉に、瑠可が不思議そうに訊ねてくる。

「アンドロイドみたいだなって思って」

そんなことを言うつもりはなかったのに、唇からこぼれた言葉にハッとする。

瑠可は一瞬目を丸くしたあと、笑い出した。

「アンドロイドって言われたのは初めてだな。子供の頃はオカマとかマネキンとか石膏像《せっこうぞう》もどきとかよく言われたけど」

さらっと挙げられたたとえからは、少し意地の悪い揶揄《やゆ》の気配がして、葉はうろたえた。

それらと同列の意味で言ったわけじゃない。

ちゃんと言い訳しなくちゃと思う。瑠可が自分と同じ生き物とは思えないくらいきれいだから、ついそんなたとえをしてしまっただけで、揶揄ではなくて称賛のつもりだったのだと。

だが、褒めたり褒められたりすることに不慣れな葉は、思った通りのことをうまく口にできない。

「変な意味じゃなくて、色が白くて、人間じゃないみたいだなって……」

言えば言うほど褒め言葉から遠のいて、口下手な自分に腹が立つ。

瑠可は鷹揚《おうよう》に笑う。

「もっと男らしい褐色《かっしょく》の肌になりたいんだけど、日焼けしても赤くなってヒリヒリするばっかりで、ちっとも定着しないんだ」

色白でも、瑠可は充分男らしい。コックコートを着ていると気付きにくいが、こうしてT

シャツ一枚になると、日本人離れしたがっしりとした骨格と筋肉を持っているのがよくわかる。

「なにか軽い夜食を作るから、先にお風呂に入っておいで」

「いえ、瑠可さんが先に」

「じゃ、一緒に入る？」

瑠可は微笑んで葉の髪を長い指でかき回す。

「片手しか使えないと、髪や身体を洗うのが大変だろ？　いつも言ってるけど、手伝うよ？」

冗談とも本気ともつかず、瑠可は提案してくる。葉はいつものように首を横に振った。

こんなにきれいで逞《たくま》しい男の前で、自分のみすぼらしい裸を晒《さら》すなんて死んでも無理だ。

そんなことになるのを避けるため、葉は慌てて一人で風呂を使わせてもらった。家主より先に入浴する申し訳なさと、一応ビニールで包んではあるけれど右手を濡らしたくないのとで、烏《からす》の行水《ぎょうずい》で風呂からあがると、テーブルの上にはじゃがいもときのこのポタージュと、おにぎりが出来上がっていた。

「召し上がれ」

瑠可は芝居がかった仕草で、葉のために椅子を引いてくれた。

ポタージュは、いい匂いがしてとてもおいしかった。

「きのこのポタージュって生まれて初めて食べました。すごくおいしいです」

向かいに座った瑠可は、自分もスプーンを操りながらにこにこと葉を見ている。

「よかった。いっぱい食べて。おにぎりの具は、店の残りのレバーの生姜煮《しょうがに》だけど。葉くん、レバー平気？」

「食べたことなかったけど、すごくおいしいです」

「よかった。レバーは貧血にもいいからね」

「すみません。仕事で疲れてるのに、夜食まで……」

「全然。料理は大好きだから、まったく苦にならないよ。そうだ、好きなものがあったらリクエストしてよ。葉くんは何系が好き？　和食？」

「いえ、リクエストなんてとんでもないです」

居候の身で食べ物の好みを口にするなんてありえない。それに葉は、リクエストできるほど料理を知らない。

一人暮らしの葉が主食にしていたのはパンだった。菓子パンは高いから、いつもスーパーの食パン。あとは納豆や卵など安くて調理の手間がいらないもの。そんな食生活でも特に不満はなかった。というより、不満に思うほどの意欲や気力もなかった。

逆にこんなふうに毎日おいしいものを食べさせてもらえることが現実とは思えず、恐れ多い。

「葉くん、髪の毛まだ濡れてる」

食事の手を止めて、瑠可がこちらに顔を近づけてくる。片手が満足に使えないせいで、髪を乾かすのもつい適当になってしまう。

「寝てる間に乾くから、大丈夫です」

「だからいつも寝癖《ねぐせ》がついちゃうんだよ」

瑠可は身軽にドライヤーを持ってきて、葉のうしろにまわって髪を乾かしてくれる。

「自分でやります」

慌てて立ち上がろうとすると、大きな手で肩を押さえられた。

「いいから座ってて」

「でも」

「やらせてよ。料理人以外だったら美容師になりたかったくらい、人の髪を触るの好きなんだから」

鼻歌交じりに葉の髪を乾かす手つきは、確かに手馴れていた。

恐縮して、葉は身を固くした。

こんなに親切にしてもらう理由がいまだにわからない。

無銭飲食犯をバリバリと働かせるため、などと瑠可は言うけれど、どう考えても瑠可にとって割に合わないプランだ。

ならばどうして？

今まで、他人からやさしくされたことがないし、基本的に人を信用していない葉は、とるべき態度に迷ってしまう。ちゃんとした理由があれば、もう少し違う反応ができると思うのだけれど。

さらに言えば、こんなふうに間近に人に触られた経験もないから、瑠可に髪を触られるのはひどく緊張した。

だが、背後に感じる体温に、緊張とは裏腹な安らぎを感じているのも事実だった。すごくドキドキして落ち着かないのに、ずっとそうしていて欲しいと思う。

これまでの人生で味わったことのない感覚だった。

店舗の二階の住居部分は、リビングダイニングを除くと六畳と四畳半の二間続きの和室という意外な構造で、六畳間を瑠可が、襖《ふすま》で仕切られた四畳半を葉が使わせてもらっている。

布団に入って天井を見上げると、襖の上の欄間《らんま》から瑠可の部屋の明かりがもれていて、そのふわっとした明るさには、さっき背後に感じたぬくもりと似たあたたかさがあった。

改めて、誰かと一緒に暮らしていることを意識する。父親が亡くなってから四年、ずっと一人だったから、こんなに近くに人の気配を感じながら眠る生活は不思議に思えた。

葉が枕元のスタンドを消すと、ほどなくして隣からもれる明かりも消えた。

薄暗くなっても、襖越しには人の気配がして、それに戸惑いと安堵《あんど》を感じながら、葉は今夜も眠りにつくのだった。

瑠可の親切の理由を葉が理解したのは、その数日後、ランチタイムに、由麻の母親が来店した日のことだった。

「瑠可くんのお料理を食べると、本当に幸せな気持ちになるわ」

少しふっくらとした体形の明るい母親は、言葉通り一口食べるごとに幸せそうな表情を浮かべる。

今日のお薦《すす》めランチは鱈《たら》のボンファムのコースだった。母親はおいしそうにソースまですべてパンで拭って食べ終え、瑠可がサービスでデザートを三種類つけると、全部気持ちよく平らげた。

「ママってば、また太るよ？」

由麻が接客しながら、苦笑いを浮かべる。

ランチタイムはそろそろ終了に近く、客は由麻の母親と、女性客の四人グループだけだった。

葉は厨房で、健太郎の食器洗いを手伝っていた。水仕事自体はまだ許しが出ていないが、洗った皿を拭きあげる作業くらいなら手伝える。ただただ親切を享受《きょうじゅ》する毎日は居心地が悪く、少しでも役に立つことがしたかった。

「私の心配より、あなた、いつまで仕事をするつもり？　もうお腹がはち切れそうじゃないの」

母親の窘め顔に、由麻ではなくカウンター越しの瑠可が応じる。

「すみません、幼馴染みのよしみでつい由麻ちゃんに甘えちゃって」

「違うよ。瑠可はもう休めって言ってるのに、私が無理言って働かせてもらってるんだから」

由麻が割って入る。

「家でじっとしてたら、ママみたいに太っちゃうもん」

「まあ、失礼ね」

母子のやりとりに、瑠可が笑い出す。

「女性は少しふくよかな方が素敵だと思いますよ」

「ほら、瑠可くんはよくわかってるわ」

母親は嬉しげに言って、砂糖をたっぷりと入れたコーヒーを飲みほした。

女性グループが会計を済ませると、母親も席を立つ。

「こんな大きなお腹でうろうろされても、却って邪魔だと思うけど、産休に入るまで由麻のことよろしくね」

「危ないことがないよう、十分に気をつけます」

瑠可が請《う》け合《あ》う。

健太郎も由麻の母親とは顔見知りらしく、皿洗いを中断して、フロアに見送りに出て行って会話に加わる。

「お孫さん、楽しみですね」

「本当にね。もうすぐおばあちゃんになるなんて、まだ信じられないわ」

「由麻さんが、赤ちゃんの性別は生まれるまで秘密だって言ってるけど、お母さんはどっちがいいですか？」

「そうねぇ、うちは女ばっかりだったから、男の子もいいわよね。まあでも、健康で五体満足だったら、男でも女でもいいわ」

聞いている葉にとっては、ごく普通の和やかな会話だった。だが、突然由麻が硬い声を出した。

「ママ、どうしてそういうこと平気で言うの？」

母親は訝《いぶか》しげに訊き返す。

「そういうこと？」

「健康とか五体満足とか、無神経だよ。誰だって、好きで病気になったり、五体不満足になったりするわけじゃないのに」

由麻の剣幕にみんなたじろぐ。葉も皿拭きの手を止めた。由麻は健診で何か心配な指摘でもされたのだろうか。

母親は意味がわからないという顔で目をぱちぱちさせた。

「怒るようなことじゃないでしょう。健康で五体満足ならほかは何も望まないっていう、謙虚《けんきょ》な気持ちを口にしただけじゃないの」

「謙虚？　違うわ。すごく傲慢《ごうまん》なことだよ」

「由麻ちゃん」

瑠可が窘めるのも聞かず、由麻は声を荒らげる。

「ママのそういうところがイヤなのよ」

「由麻ちゃん」

瑠可がさっきよりも硬い声を出す。

「お母さんは、由麻ちゃんのことを親身に気遣ってるんだよ。そんな言い方をするべきじゃない」

「だって」

「だってじゃないよ。お母さんに謝って」

有無を言わさぬ声でビシッと言われ、由麻は口を尖らせながらも渋々応じた。

「……ごめんなさい」

当惑顔で苦笑いの母親を、瑠可が外に送って行く。

「……ってなんで私が謝らなきゃならないのよっ」

二人がドアの外に出たとたん、由麻が怒りを再燃させる。

「あの人、私が結婚するって言ったときも、開口一番に『相手は健康？　年収はいくら？』って言ったのよ。人柄より先にその質問って、ありえなくない？」

「落ち着いてよ、由麻さん。あんまり息《いき》むと、赤ちゃんが生まれちゃいますよ」

健太郎が苦笑いで椅子を勧め、

「葉ちゃん、水お願い」

と葉に応援を要請してくる。

葉は左手でピッチャーの水をグラスに移し、由麻の元に運んだ。

由麻はグラスの水を飲み干すと椅子に座り、大きく息を吐いた。

「私が頭に来たのは、ママが瑠可の前でああいうこと言いだしたからなのよ」

「ああ、弟さんのこと？」

健太郎が訳知り顔で応じる。一人だけ話が見えない葉に、由麻が続ける。

「瑠可には瑠偉《るい》くんっていう弟がいたの。生まれつき心臓に障害があってね。瑠可はすごくかわいがってたんだけど、葉ちゃんくらいの歳で亡くなっちゃったの」

あの明るくてやさしい瑠可の身にそんなことがあったのかと、葉は少し驚いた。

「ママに悪気がないのはわかってる。でも、瑠偉くんのこと知っててああいう無神経なこと言いだすの、腹が立つのよ。五体満足なら充分なんて、こんな最低限のあたりまえのことで満足する自分って謙虚でしょ、っていうニュアンスがイヤ」

「悪く取りすぎですよ。割とみんな普通に言うことじゃないですか」

「そうかな」

「そうですよ。由麻さん、マタニティブルーってやつじゃないですか？」

ね、と健太郎に同意を求められ、葉は返事に困ってしまう。

「そんなんじゃないわよ。ママとは昔から相性が悪いの。家を出てからはうまくやれてるつもりでいたけど、やっぱりなにかとケンカになっちゃうのよね。またやっちゃったわ」

冷静さを取り戻してきた由麻は、ヒートアップした自分がちょっときまりわるくなったのか、微妙に話題をスライドさせてきた。

「そういえば葉くんって、ちょっと瑠偉くんに似てるかも」

「……俺?」

「顔立ちは違うけど、背格好とか雰囲気とか。瑠偉くんもほっそりしてて、葉くんみたいに物静かな子だったな」

「そうか。瑠可さんが葉ちゃんをめちゃくちゃかわいがってるのは、それもあるんですね、きっと」

二人の会話で、葉は初めて腑《ふ》に落ちた。赤の他人にここまで親切にしてくれる理由は、そういうことだったのだ。

説明がついたら、とてもすっきりした。理由もなく親切にされるのには戸惑うけれど、そういうことなら納得がいく。恩をきちんと働いて返すのは大前提として、瑠可の好意に甘えることはいけないことではないのかもしれない。

「あれ、由麻さんのお母さん、忘れ物してますよ」

テーブルをバッシングしようとした健太郎が、携帯を手に取った。

「やだもう、ママってば」

「俺、届けてきます」

携帯を受け取った葉が店のドアを開けると、ゴッとなにかにぶつかった。

「いてっ」

ドアの外で、瑠可が尻もちをついている。

「すみません！　大丈夫ですか？」

「平気平気。どうしたの、慌てて」

瑠可はおでこを押さえながら訊ねてくる。

「由麻さんのお母さんが忘れ物をして……」

「あー、車だから、もう無理だな。由麻ちゃんに預かってもらおう」

「はい。……あの、何をしてたんですか？」

「ドアの下のところがちょっと汚れてたから、拭いてただけ」

「俺がやります！」

「もう終わったから大丈夫だよ」

そう言って、瑠可は今度はプランターの前に屈んで、針のような葉っぱをいじりはじめた。

「それはなにを？」

「ローズマリーの手入れ。すぐに茂ってきちゃうから、下の方に風が通るように、ちょっと間引いておくんだ」

「俺でもできますか？」

「簡単だよ。右手が治ったら、手伝ってね」

瑠可はニコニコ笑って、葉っぱに触った手を、葉の鼻先にぴったりとくっつけてきた。

「いい匂いでしょう」

「……本当だ」

清々《すがすが》しい芳香《ほうこう》が鼻腔《びこう》をくすぐる。と同時に、鼻の頭に触れている瑠可の指先の感触が、胸のどこかをむずむずさせる。

葉は兄弟を持ったことがない。それどころか今は天涯孤独な身の上だ。だからさっき聞いた話のように、瑠可が自分を弟みたいに思ってくれているのだと思うと、今まで味わったことのないくすぐったい気持ちになった。

それにしても、瑠可は本当に働き者だと思う。ほとんど一人で店を回しているうえ、雑用もこうしてささっと自ら片付けてしまう。

店主がまめなせいか、従業員の二人も、単に仕事という以上の愛情を持って働いているのが伝わってくる。Lucasはいつも隅々まできれいに掃除が行き届き、トイレの換気扇にも埃ひとつついていない。

そんな様子を見ていると、葉も早くフルに働きたくてたまらなくなる。自分もこのきれいな店を快適に整える仕事に参加したいと思う。

おかしなものだ。前の仕事先では、床に落ちた箸袋ひとつでも、拾ったら損な気がしていたのに。

その日の夜も、瑠可は仕事が終わったあとにおいしい夜食を作ってくれた。今夜は野菜とレンズ豆のスープだった。

今までは申し訳なさと、親切にしてくれる理由がわからないために、終始落ち着かない感じだったが、昼間、由麻の話を聞いたせいで、今日は少し違っていた。

葉が食べるところを嬉しそうに見つめている瑠可が、本当は葉ではなくて亡き弟の影を見ているのだと思うと、変に遠慮したり恐縮したりするのは、むしろ親切に背くことのような気がした。

葉は空《から》になったスープ皿を手に取った。

「あの、おかわりしてもいいですか？」

遠慮がちに申し出ると、瑠可の表情がパッと輝いた。

「葉くんがおかわりしてくれるの、はじめてだね！　嬉しいなぁ。たくさん食べて」

「あ、自分で」

「いいからいいから」

瑠可は身軽に席を立って、おかわりを持ってきてくれた。再び向かいに座ると、葉がスプーンを動かす様子をまたにこにこと眺めている。

葉は珍しく自分の方から瑠可に話しかけた。

「瑠可さんはフランスで料理の勉強をしたんですか？」

瑠可は笑って首を横に振る。

「残念ながら、日本から出たことないんだ。こんな顔をしてるけど、日本語以外しゃべれない。祖母がフランス人だったらしいけど、僕は会ったこともないしね。由麻ちゃんが言ってたとおり、なんちゃってフランス人の、なんちゃってフランス料理の店だから」

「瑠可さんは、本物のフランス人に見えます」

なにか言わなければと思わず口走ってみたものの、何のフォローにもなっていないことに言ってから気付く。そもそも、葉は本物のフランス人に会ったことすらない。

瑠可はおかしそうな顔になる。

「ありがとう。店の雰囲気って大事だから、今はこの風貌《ふうぼう》に感謝してる。昔は自分の顔とか大嫌いだったけど」

「そうなんですか？　そんなにきれいなのに」

「今は由麻ちゃんに『邪魔』って言われるくらい大きく育ったけど、中学生くらいまで、チビだったんだ。そのうえこのくるくるの髪に生白《なましろ》い肌で、男なのか女なのかわかんないって、よくからかわれた」

子供の集団というのはそういうものだ。葉も学校では浮いていたので、瑠可の気持ちを察して胸が痛くなった。

それにしても、こんなにきれいな人をからかうなんて、子供って本当に愚《おろ》かだと思う。あるいは興味や好意の裏返しだったのではないかと想像する。

「中学生のときに、クラスの男子に片想いしてたのがバレて、そこからはからかいじゃなくてイジメって感じになって、不登校になったりね。あの頃は僕の人生の暗黒期だったなぁ」

軽い調子で語られる話を一瞬聞き流しそうになり、え、と我に返る。

クラスの男子に片想い？

葉の怪訝そうな表情に気付いた様子で、瑠可が微笑んだ。

「僕はゲイなんだ」

さらっと告白されて、葉は目を丸くする。十九年生きてきてそういう人に会ったのは初めてだった。というより、人と深くかかわったことがないので、セクシャリティなど意識したこともなかった。

それどころか、人に好意を寄せたことも寄せられたこともない。毎日生きているだけで手一杯で、そんな気力も意欲もなく、色恋は葉の人生とは無縁のものだった。

「ごめん、怯《おび》えてる?」

瑠可が探るような目で訊ねてくる。

「いえ、ぜんぜん」

葉は本心から答えた。驚きはしたけれど、怯える理由がない。自分が恋愛対象にされているならまだしも、瑠可のようなきれいな男が、葉をそういう意味で好きになるはずがない。怯えるなんて、逆にすごく厚かましいことだ。

ふと、このあいだ葉が瑠可の容姿をアンドロイドになぞらえたときのことを思い出す。

『アンドロイドって言われたのは初めてだな。子供の頃はオカマとかマネキンとか石膏像もどきとかよく言われたけど』

冗談めかした口調で瑠可は言ったけれど、実は結構重い話だったのではないだろうか。

ため息ものの美しい容姿も、同じ制服でぎゅうぎゅうと押し込められる学生時代には、悪目立ちする重荷だったのかもしれない。

葉は、例の運の分量の話について考えた。

この世は不公平で、自分ばかりが不運続きだと、ずっと思っていた。

だが、外から見えているものだけがすべてではない。瑠可がその容姿や性指向でどんな経験をし、かわいがっていた弟を亡くしてどれほどのつらさを味わったのか、葉には想像もつかない。

自分ばかりが不幸だと思っていたのは、単なる想像力の欠如《けつじょ》だったのかもしれない。

今まで、人の心理など想像したこともなかった。いつも自分のことで手一杯だったから。

たとえば、前の職場の店長にだって、子供時代があったり、家族がいたり、葉の知らない人生や生活があるのだ。みんなそれぞれ色々な事情や背景を抱《かか》えていて、悪人と善人とか、運のいい人と悪い人とか、きっちり線引きすることなど本当はできないんじゃないだろうか。

ゲイだったとか、不登校だったとか、言いづらいであろう過去を、瑠可が自分なんかに話してくれたことに葉はしみじみと感動した。

心をオープンにして距離感をとっぱらってくれようというそのやさしさに。

想像力の欠如に気づかせてくれたことに。

「大丈夫？」

瑠可に訊ねられて、葉は物思いから我に返る。何が大丈夫なのかピンとこないまま、スープを口に運び、頷いた。

「やっぱりすごくおいしいです」

葉の頓珍漢《とんちんかん》な答えに瑠可はまた微笑む。

「葉くんのことも聞いていい？」

「俺のこと？」

「前に、ご両親はいないって聞いたけど、兄弟や親戚《しんせき》は？」

「兄弟はいません。遠い親戚は探せばいるかもしれないけど、会ったことないです」

「じゃ、ずっと一人？」

「中三のときに父が亡くなって、それからは一人です」

葉が答えると、瑠可は目を丸くした。

「中三から一人で暮らしてるの？　まわりの人に相談したりしなかった？」

「別に一人で困ったこともなかったし……」

非常識を責められているような気がして言い訳をしてみたが、我ながら真実味が感じられない。困っていないなら、無銭飲食なんかするなよと非難されたら返す言葉もない。

だが、瑠可はテーブル越しに長い手をのばしてくると、葉の頭をぽんと撫でた。

「大変だったんだね。頑張ったな」

予期せぬねぎらいの言葉に、不覚にも涙が出そうになって、葉は慌てて瞬《まばた》きでごまかした。

頑張ったなんて言ってもらう資格はない。単なる生存本能で生きていただけ。誰の役にも立っていないし、人生を楽しむことすらせず、しまいには命を投げ出そうとした。瑠可の弟は、生きたくても生きられなかったのに、その命を粗末に扱おうとした。

「……なんにも、なにひとつ、頑張れてないです」

葉は絞り出すように言った。

「でも、これから頑張りたいです。俺にも、できることはありますか？　俺にも、こんなおいしいものを作るお手伝いができますか？」

瑠可は葉の切実な問いに驚いたように目を丸くして、それからふわっと破顔した。

「もちろん。今、きみがそうやって食べていること自体、もうおいしいものを作る最初の一歩だよ。まずはいろんな味を覚えてね」

声を出すと泣いてしまいそうだったので、葉は黙って頷き、再びスープを口に運んだ。

葉が食べ終わると、瑠可はやさしい顔で訊ねてきた。

「明日の晩はなにが食べたい？」

瑠可はいつも訊いてくれるけれど、リクエストしたことはない。そんな厚かましいことはできないと思っていた。

でも、葉に弟の面影《おもかげ》を重ねてくれているとしたら、「なんでもいいです」という答えの方が失礼なんじゃないだろうか。

葉は少し考えて、遠慮がちに言った。

「この前食べたフリット、もう一度食べたいです」

瑠可の表情がパッと明るくなる。

「ホント？　嬉しいな。じゃあ、明日の朝早速作るからね」

晩のはずが朝食に前倒しされている。朝からそんな手間をかけさせるなんて申し訳ないから撤回《てっかい》しようかと思ったけれど、瑠可がとても楽しそうなのでやめた。

瑠可と一緒にテレビを見ながら、アイロンかけなどの雑用をこなし、いつもどおり「おやすみなさい」とあいさつをして、自分の部屋に戻る。

布団に入ってスタンドを消すと、しばらくして隣の部屋の明かりも消えた。

そういえば、いつもこのタイミングだなとふと気づく。ここで寝起きさせてもらうようになった最初の頃から、葉がスタンドを消してうとうとしはじめるタイミングで、欄間ごしの明かりが消える。まるで葉が寝付くのを見届けるようなタイミングで。

そう考えて、ハッとする。もしかして本当にそうなのだろうか？

葉はひとことも言っていないし、瑠可にそれらしいことを訊かれたこともないけれど、葉がこの世を去るつもりで、最後の晩餐のためにこの店に立ち寄ったことを瑠可は気づいているのではないだろうか。

金も荷物もなく、アパートも解約していたことを瑠可には知られている。あんな状態でふらふらしていたら、悟られても無理はない。

だから瑠可は、葉がちゃんと眠りにつくかどうかを、隣の部屋からさりげなく見届けているのかもしれない。

弟を亡くした瑠可は、命を粗末にしようとしていた葉に、襖越しにどんな気持ちを抱《いだ》いていたのだろうか。

自分の浅はかさを、葉は強く後悔した。

何の役にも立たない人間で、生きる意味を見いだせないのは、今も同じだ。ここに置いてもらうのも、一時的なことにすぎない。

でも、せっかく助けた葉が軽率なことをすれば、瑠可に後味の悪い思いをさせてしまう。そんな理由で、と呆れられるかもしれないけれど、葉にとってそれは生きるに十分な理由だった。

弟思いの心やさしい瑠可に後悔してほしくないから、軽はずみなことはもうしない。

4

店に準備中の札がかかる午後の時間、床にモップをかけていると、気分が弾んでくる。

ギプスが外れるのは来週の予定なので、まだ雑巾をしぼったりはできないからモップやガラス拭きがメインだけれど、こうして働けることが葉《よう》には嬉しくてたまらなかった。

ちょっと油断するとすぐに瑠可《るか》がなんでも片付けてしまうから、従業員たちは時間さえあれば我先にと掃除用具を奪い合う。掃除当番などなくても、店はいつもピカピカだった。

「俺、なんだかここの掃除好きなんだよな」

鼻歌交じりにカウンターを磨いていた健太郎《けんたろう》が呟き、葉は思わず噴き出した。

「今、まったく同じこと考えてました」

「気が合うね。手入れが行き届いた場所って、よりきれいにしたくなるよね」

「わかります」

「高校時代、部室の掃除って一年の仕事だったんだけど、すっげぇ汚くてさ。いつもじゃんけんで押し付け合いだった」

「俺も、前の職場では好きじゃなかったです、掃除」

カウンター越しに、午後の仕込みをしていた瑠可と視線が合う。カンロ飴のような瞳に、やさしい笑みが浮かんでいる。

「葉くん、最近よく笑うようになったね」

そう言われたら、見られていたことが急に気恥ずかしくなって、慌ててモップを持つ手を動かす。

「そういえば、俺ともよく喋《しゃべ》ってくれるようになったよね」

健太郎がガシッと葉と肩を組んでくる。

「健太郎さんが親切に話しかけてくれるからです」

ぼそぼそ言うと、肩を揺すられた。

「その敬語、やめようよ。一歳しか違わないんだし」

「でも、ここでは健太郎さんの方が先輩ですし」

「そんなこと言ったら、葉ちゃんの方が社会人の先輩じゃん」

「全然そんなことないです」

「そんなことあるです」

「変な日本語やめてください」

「タメ口きいてくれるまでやめないです」

葉と健太郎のやりとりに、瑠可が笑い出す。

楽しいって、こういう気分のことを言うんだなと実感する。みんな機嫌がよくて、やさしくて、和《なご》やかな空気が満ちた場所に身を置けるということ。

掃除の続きをしながら、葉はそっと瑠可の横顔を観察する。

親切の理由を葉なりに理解してから、変に身構えるのをやめて、その細やかな親切に甘えさせてもらうことにした。

距離が近づくと、瑠可のことが色々気になってきた。あんなにかっこよくて、女性客の中には料理の味に加えて、瑠可の顔を見るために通ってくるファンもいるくらいなのに、瑠可の恋愛対象は男性だという。

一緒に暮らしていて察する限り、今は恋人はいないようだけれど、瑠可の好みはどんな男なのだろう。

葉のような人間にさえこんなに親切なのだから、恋人は宝物みたいに大切にするのだろう。色恋に疎《うと》い葉には想像もつかないけれど、瑠可の恋人になる人は、宝くじの特賞が当たるよりも幸せな人だ。

羨《うらや》ましいな、とぼんやり考え、すぐに我に返る。

羨ましいって、なに厚かましいことを考えているんだ。こんなに親切にしてもらっておきながら、そのうえ誰かを羨ましいと思うなんて。頭でもおかしくなったのかな。

雑用を任されるようになったとはいえ、葉はまだ仕事らしい仕事も満足にできない状態だ。世話になっている恩を少しでも返すために、早くもっと使える人間にならなくては。

ランチタイムの汚れをさっと掃除し終えると、健太郎もキッチンに入って、野菜の下処理を手伝う。

葉も傍《かたわ》らで、玉ねぎの皮をむいたり、簡単な雑用を手伝わせてもらう。

にんじんはピーラーでむいていた健太郎だが、じゃがいもは小さなナイフに持ち替えてむき始めた。

「じゃがいもはピーラーを使わないんですか？」

「付け合わせ用に皮を厚めにむくから、ナイフの方が早いんです」

健太郎はからかい顔で敬語で返してくる。

「それ、俺にもできま……できる？」

葉がぎくしゃくと敬語をやめると、健太郎はニコッと笑う。

「もちろんできるよ。怪我が治れば」

「今は無理？」

「ナイフが持てないだろ」

「小指以外は動かせるから」

瑠可から厨房での手伝いは禁じられていたけれど、少しでも早く仕事を覚えたい一心で前のめりに頼むと、健太郎は後ろを振り向いて、瑠可が作業に集中しているのを確認してから、葉のためにナイフをもう一本出してくれた。

「ここを持って、上から下にこう、すうってむいていくんだ」

健太郎は慣れた仕草でナイフを操る。葉もおそるおそる真似てみるが、ナイフを持つ手が不安定で、なかなかうまくいかない。

「ほら、やっぱりまだ危ないから、治ってからの方がいいよ」

健太郎はそう言う間にもリズミカルにじゃがいもをむいていく。

「健太郎さんも、料理人を目指してるの？」

「実家が洋食屋なんだ」

「じゃああとを継ぐんですね」

「そんなつもりは全然なかったんだけどね」

健太郎は苦笑いした。

「俺ね、ずっとサッカーをやってて、スポーツ特待で学費免除で大学に入ったんだ」

「すごい」

「全然すごくないんだって。去年の秋、膝の靱帯《じんたい》を切っちゃって、レギュラー復帰は絶望ってなってさ。学費免除はナシになっちゃったんだ。その時点で大学を辞めるつもりだったけど、親が学費を工面してくれて、大学は頑張って卒業しろって」

「……そうだったんですか」

「親ってありがたいって、そのときしみじみ感じたんだ。それまでは家の仕事を継ぐつもりなんて全然なかったけど、それもありかもって思うようになって。卒業してすぐどうこうってわけじゃないけど、身につけられることはなんでも吸収しておきたいなって思ってね」

葉は健太郎の意外な背景を、驚き半分、やはりそうかという気持ち半分で聞いた。

瑠可に関しても思ったけれど、やっぱりただ運がよくて幸せなだけの人なんていないのだ。

今まで自分は、何を見てきたのだろう。別に自己憐憫《れんびん》に浸《ひた》って生きてきたつもりはない。そんなことを考える心の余裕もなかった。

だが、どこかで無意識に自分のことを、世界でいちばん不幸だくらいに思っていたのかもしれない。だから安易に命を投げ出そうとなんかしたのだ。

幸せなだけの人なんていない。みんな一生懸命歯を食いしばって生きているのだ。

自分も、もっとちゃんと頑張らなくてはいけないと思った。まずはもっと早く仕事を覚えて、少しでもこの店の役に立てるように。

しかし先走る気持ちとは裏腹に、不自由な手での皮むきはうまくいかず、ナイフが滑ってじゃがいもを取り落とした。

「うわっ」

「大丈夫⁉」

健太郎が焦ったような声を出す。

「どうしたの？」

健太郎の声を聞きつけて、瑠可が作業を中断してこちらを覗きにくる。

薄皮一枚切った程度のほんのかすり傷だったが、目ざとく見つけた瑠可の表情が険しくなる。

「なにやったの？」

「すみません、俺がナイフなんか渡したから」

「違います。俺が勝手にちょっと手を切っただけで、たいしたことないです」

「見せて」

「ホントに大丈夫です」

「見せなさい」

瑠可にいつになく剣呑《けんのん》な声で言われて、葉は身を硬くした。

温和な瑠可を、怒らせてしまった。

うっすらと血が滲んだ左手を怖々と差し出すと、瑠可は険しい表情で傷口を確認し、ほっと息をついた。

「かすり傷でよかった。でも、刃物は軽い気持ちで扱っちゃだめだよ」

「……すみませんでした」

瑠可は救急箱から消毒液と絆創膏《ばんそうこう》を取ってきて、手早く傷の手当てをしてくれた。

「完治するまで、キッチンは立ち入り禁止」

「はい」

葉はうなだれ、小さな声で答えた。

言い置いて瑠可が立ち去ると、健太郎が励ますように葉の肩に手を置いた。

「瑠可さんは怒ってるんじゃなくて心配してるだけだよ」

「はい。健太郎さんにも迷惑をかけて、すみません」

葉は健太郎に頭を下げた。

その日はいつも以上に役に立たない自分に落胆《らくたん》した。

店の片付けも手伝えない葉は、二階にあがると、アイロン台を取り出して、いつもよりも丁寧に気持ちをこめてアイロンかけをした。このうえ火傷《やけど》でもしたら笑えないから、慎重《しんちょう》を心がけ、いつもの倍の時間をかけた。

ほかにも少しでもできることはないかと家の中の細々した雑用を探したが、右手だけでなく左手まで怪我をした状態でこなせることはかなり限られる。シャンプーがなくなりかけていたことを思い出して、詰め替えをしようと思ったけれど、こぼしたら逆に厄介《やっかい》なことになりそうなのであきらめた。

そうこうするうちに、仕事を終えた瑠可が二階にあがってきた。

アイロンをかけたリネンやコックコートの山を見て、目を丸くする。

「左手も怪我してるのに、大変だったろ？」

葉はぶんぶんと頭を振った。

「今日は本当にすみませんでした。これからは充分気をつけます」

だからどうか見限らないでくださいという厚かましい言葉は、胸の奥に飲みこんだ。判断を下すのは瑠可であって、葉にはそんなことをお願いする権利はない。

「厨房には危険なものがたくさんある。気を抜いて扱っちゃだめだよ」

硬い声で諭《さと》されて、葉は「はい」と神妙に答えた。

「でも、親指をそぎ落としたりしなくてよかったよ。葉くんは若いから、その程度のかすり傷ならあっという間にふさがるね。皮膚《ひふ》の再生にはコラーゲンが必要だから、今日の夜食は鶏手《とりて》羽《ば》のリゾットにしようかな」

キッチンに向かう瑠可を、葉は慌てて止めた。

「あの、今日は食欲がないので、俺は大丈夫です」

迷惑をかけて、仕事もまったく手伝えなかったうえに、夜食を作ってもらうなんてありえない。

「そう？　じゃあ、自分の食べる分だけ作るね」

そう微笑んだ瑠可だったが、十分後には二人分の皿をテーブルに並べる。

「たくさんできちゃったから、葉くんも食べるの手伝ってよ」

どこまでもやさしい瑠可に、涙が出そうになる。

促《うなが》されて席に着いた葉は、おずおずと口を開いた。

「俺、役立たずで本当にすみません」

「せっかちだなぁ、葉くんは」

瑠可は呆れ顔で笑う。

「怪我が治ったら思いっきりこき使おうと思ってるんだから、覚悟しておいてよ」

その露悪的《ろあくてき》な表現が、葉の申し訳なさを軽減するためのやさしさだとわかるから、葉はまた泣きたくなる。

「瑠可さんのやさしさに、ちゃんと恩返しできるように、もううっかり怪我なんかしないように、すごく気をつけるし、いろいろ頑張ります」

葉がたどたどしい決意を口にすると、瑠可は笑顔のままじっと葉を見つめてきた。

「僕はやさしくなんかないよ」

「やさしいです！　今まで出会った人の中で、いちばんやさしい人です」

瑠可の笑みに、少し困ったような表情が滲む。

「きみが思っているよりずっと、僕は腹黒くて悪い大人だよ」

やさしくする理由が、葉に弟を重ねているからということなら、全然腹黒くなんかない。たとえ誰かのかわりでも、心にかけてもらえるのは、このうえもなくありがたいことだ。

いつもは食後に瑠可が葉に風呂をすすめてきて、ひとしきり遠慮し合うのだが、今日は葉の手を見て、肩を竦《すく》めた。

「今日は風呂はどうする？」

「瑠可さんのあとでシャワーだけ浴びます」

瑠可が脱衣所に向かったあと、葉はリビングの隅に置かれたシャンプーのパックに気付いた。さっき詰め替えを断念して、無意識にリビングに持ってきてしまったのだ。

葉は慌てて脱衣所に向かい、外から声をかけた。

「瑠可さん、シャンプーの詰め替え、ここに置いておきますね」

引き戸の外に置いて立ち去ろうとしたが、すぐに戸が開いた。

「サンキュー」

そう言って手をのばしてきた瑠可は、ボクサーショーツ一枚で、ほとんど裸の状態だった。

「あ、どうぞ」

シャンプーを渡してリビングに引き返しながら、妙に胸がドキドキした。

男の裸を見てドキドキするなんて、どうかしている。だが、透き通るように白いのに、しっかりと筋肉ののった瑠可の裸体は、妙になまめかしかった。

瑠可がゲイだということを思い出すと、さらに心拍数があがる。

もちろん、瑠可がそういう性指向の人だからといって、自分なんかを相手にするはずがないし、葉自身、同性をそういう対象にするなんて考えたこともない。

というより、葉はこれまで、男女問わず誰にも恋愛感情を抱いたことがなかった。恋をするような精神的余裕がなかったし、元々人を信じていない葉には、誰かを好きになるという感情自体が欠落していた。

だから、瑠可の裸にドキドキしている自分にひどく戸惑った。

なんとか違う方向に神経を向けようと、リビングの棚に並んだ料理の本を眺めているうちに、瑠可が風呂からあがってきた。

瑠可はTシャツとスウェットを身に着けていたけれど、

「なにかおいしそうなものがあった？」

そう声をかけながら背後から覆《おお》いかぶさるように本を覗き込まれると、シャンプーのいい匂いがして、さっきの変なドキドキがまたぶり返しそうになる。

「あの、俺もシャワーを浴びてきます」

葉はソワソワと席を立った。

「手、大丈夫？」

「大丈夫です」

逃げるように風呂に向かった。

洗面台の前で服を脱ぎ捨て、いつもは右手だけにかぶせるビニール袋を念のために左手にもかぶせて、輪ゴムで留める。

鏡に映った自分の貧弱な身体を見るともなしに眺めていると、さっき見た瑠可の見事な身体が思い出されて、また心拍数があがる。

それと同時に、身体の中心に熱が集まるのを感じて、葉はひどく戸惑った。

これはいったいどういう現象なんだろう。毎日おいしいものを食べさせてもらって、食欲が満たされたから、今まで封印されていた性欲が目覚めた？

バカバカしいにもほどがある。

男としての生理現象は葉にも普通にあることだったが、誰かを対象にして催したことはなかったので、ただただ焦るばかりだった。

どうにかしなくてはと思いつつも、ビニールをかぶせた状態の両手を交互に見て、さらにうろたえる。

そのとき、不意に引き戸が開いた。

「やっぱり手伝おうか？」

瑠可が声を張ってそう言ったのは、葉がすでに浴室に入っていると思ったかららしい。洗面台の前に全裸で立っている葉を見てびっくりしたような顔になる。

「あ、ごめん」

そう言いながら、瑠可の視線は葉の無防備な下半身をとらえ、その目が丸く見開かれる。

慌てて前を隠したが、すでに遅かった。

羞恥《しゅうち》であぶられたように赤くなる葉に、瑠可はちょっときまりわるげに苦笑した。

「利《き》き手が使えないと不自由だよね。利き手どころか、今日は両手ともだめだし」

動揺で頭が真っ白になり、今すぐに出て行って欲しい、できれば五秒前まで時間を巻き戻したい、と願う葉の気持ちとは裏腹に、瑠可はすっと葉の背後に近づいてきた。

「手伝うよ」

耳元で囁かれて、ぎょっとした。それは最初の「手伝おうか？」とは意味するところが違うふうなニュアンスだった。

「まさか！　いいです！」

前かがみになって真っ赤になる葉を背後から抱き込むようにして、瑠可が葉のものに手をのばしてくる。

恥ずかしくて死にそうになりながら、葉は身を捩《よじ》ってか細い声をあげた。

「や……」

「僕がゲイだから、怯えてるの？」

瑠可の問いかけに、葉は慌てて首を横に振った。怯えるということは、瑠可が自分に欲望を抱いていると疑うことだ。そんな厚かましいことを思うはずがない。瑠可が親切にしてくれるのは葉に弟の影を見ているからなのだ。自分のような何もいいところのない子供に、瑠可がそれ以外の関心を持つはずがない。

「生理現象を処理する手伝いをするだけだから、怖がらなくて大丈夫。目をつぶって、リラックスして」

瑠可の大きな手のひらに敏感な部分を包み込まれて、葉は思わず洗面台にしがみついた。そんなところを人に触られるのは初めてだった。握られただけで電流が走ったみたいに感じてしまい、息があがる。

「あ……やっ……」

「いつもはどんなことを考えながらするの？」

「…………っ」

葉がまたいやいやをするように首を横に振ると、瑠可がふっと笑ったようで、あたたかい吐息が首筋にかかって、さらにぞくぞくする。

「言わなくていいから、いつもみたいに好きなことを想像して、力を抜いて」

葉がかぶりを振ったのは、言いたくないからではない。処理するとき、葉はエロティックな想像をしたことがなかった。自慰《じい》自体滅多《めった》にしないし、するときは限界まで高まっているから、何も考えずに機械的に手を動かすだけで簡単にいけた。

だが、今ぎゅっと目を閉じた葉の脳裏を過《よぎ》るのは、先ほど目にした瑠可の美しい肉体であり、今背後にある本物の体温だった。

想像など必要ない。今、リアルにされていることだけで、葉は腰が抜けそうになるくらい感じてしまい、あっという間に瑠可の手の中で弾けた。

「あ、あっ……や……っ」

洗面台に爪を食い込ませる勢いでしがみつき、葉は瑠可の腕の中でがくがくと腰を震わせた。

怖くて目を開けられないまま、はあはあと荒い息をついていると、蛇口《じゃぐち》をひねる音がした。

瑠可が洗面台を流して後始末してくれているのだと思うと、恥ずかしくて身体中から汗が噴き出した。

「身体、洗ってあげるよ」

「だ、大丈夫です！」

目を開いた葉は、鏡に映った瑠可の慈愛に満ちた顔を直視することができず、逃げるように浴室に飛び込んだ。

「じゃあ、手伝いが必要だったら、いつでも声をかけて」

瑠可はいつもと変わらぬ調子で言って、脱衣所を出ていった。

心臓がひどくドキドキして、身体が震え、葉はへたへたと冷たい風呂床の上にしゃがみ込んだ。

シャワーの介助を拒んだりして、瑠可は気を悪くしただろうか。親切心でしてくれたことを、変なふうに誤解していると思われたらどうしよう。

だが、酸欠になりそうなほど胸がドキドキして、このうえシャワーを手伝ってもらうなんて、とても無理だった。

瑠可は大人だし、ゲイだし、こんなことには慣れているのだろう。気楽な気持ちで手伝いを申し出てくれたのだろうし、大袈裟《おおげさ》に考える必要はないのはわかっている。

だが、心臓のドキドキは一向におさまらなかった。

だって、葉は初めてだったのだ。自分でするのとは全然違う。誰かにされると、自分でする百倍くらい感覚が鋭敏になるのだということを初めて知った。

瑠可の手の感触を思い出すと、落ち着いたばかりの場所がまたじわっと熱を帯びるのがわかって、葉は慌てて冷たいシャワーを全身に浴びた。

5

「葉《よう》くん、鯖《さば》の骨抜き、お願いできる？」

「はい」

瑠可《るか》が三枚におろした鯖をラップの上に並べ、葉は毛抜きで丁寧に素早く骨を抜いていく。

鮮度が高いほど骨は取りづらいので、身を崩さないように細心の注意を払う。

「すごいな、葉ちゃん」

ラペ用のニンジンを千切りにしていた健太郎《けんたろう》が、手元を覗き込んでくる。

「健太郎さんが丁寧に教えてくれたから」

「いやいや、葉ちゃんの持って生まれた器用さでしょう。ブロック肉をタコ糸で縛《しば》るのも、もう葉ちゃんの方が早くて上手《うま》いし、葉ちゃんが折ったコルネ袋なんて、商品化して売り出してもいいレベル」

「まさか」

「確かに葉くんは飲みこみがいいよね」

瑠可にまで褒められて、葉は嬉しさ半分気恥ずかしさ半分で赤くなった。

怪我が治ってからひと月。葉は一生懸命仕事を覚えた。産休に入った由麻《ゆま》が復帰するまでの期間限定の仕事だし、この先、ここで覚えたスキルを活《い》かせるような仕事に就けるとは限らない。それでもここに置いてもらえる間は、少しでも役に立ちたかったし、瑠可や健太郎が楽しそうに仕事をしているのを見ていると、頑張ろうなどと気負わなくても自然と身体が動いてしまう。

ここに来たときはあばらが浮いていた身体にも、少しは肉がつき、自分でも見違えるほど顔色がよくなったと思う。

この前、Lucas《ルカ》に食事に来た戸田《とだ》にも、『目に生気が戻ったね』と言われた。ビタミンやミネラルなどの栄養不足でうつ症状が出ることがあるのだと、戸田は教えてくれた。

人生を終わりにしようと思っていたあの頃、パンばかりかじっていた自分を思い出し、葉は様々な食材を使った瑠可のまかないや夜食に心から感謝の念を抱いた。

戸田や瑠可に教えられて、きちんとした食事を摂《と》ることの大切さを初めて知った。ただカロリーがあればいいわけではないし、不足分をサプリで補えばいいというものでもない。

旬《しゅん》の食材で愛情をこめて作った料理は、人を元気にする。瑠可の店にくる客たちが皆幸せそうに見えるのは、最初に考えていたような、たまたま幸運に恵まれた人が集まったから、ということではない。食べることの大切さを知っている人たちは、心が健康なのだ。

「健太郎くん、それ終わったら、サラダの下ごしらえ手伝ってくれる？」

「ＯＫっす」

「葉くんはジャガイモの裏ごしを頼めるかな」

「はい！」

仕事を任されることが嬉しくて、つい張り切って大きな声が出てしまう。

瑠可はそんな葉を見て、面白そうに笑う。

「元気だね」

「すみません」

「いや、葉くんが元気だと嬉しいよ」

優しく微笑まれると、胸が変なふうにムズムズした。

風呂場での一件に、瑠可はその後一切言及してこない。まるでなにごともなかったように自然な瑠可の前で、葉もこれまでと変わらずに振る舞っていたが、気付くと必要以上に瑠可の存在を意識している自分に当惑する。

瑠可にとっては、手が不自由な葉の生理現象の処理を手伝っただけのこと。だが、葉には衝撃的な大事件だった。

あれから、自分でするときはいつも瑠可のことを思い浮かべてしまう。そんな自分がうしろめたくて汚らわしくて、恩人にそんな不埒《ふらち》な妄想《もうそう》を抱くのは罰当《ばちあ》たりなことだと、いつも必死で頭の中の妄想を追い出すのだった。

日常の中で瑠可と手や肩が触れ合ったりすると、必要以上にドキドキしてしまうため、葉はさりげなく瑠可との接触を避けるようになっていた。

おかしな感情に振り回されている場合ではない。覚えるべき仕事は、いくらでもあった。多様な食材の下ごしらえ。フロアで客に何を訊かれても答えられるように、メニューや食材に関する知識も、時間を見つけては瑠可や健太郎から教えてもらった。

常連が多いLucasの客はみんな葉に親切で、なにかとやさしく声をかけてくれた。この店では、理不尽な暴言を浴びせられることもなかった。瑠可の料理を味わいにくる、大らかでやさしい人たちのために、葉は少しでも気持ちよく過ごしてほしくて、こまごまと気を配り、できる限りの仕事をした。

店の片付けを終えると、いつものように店で使う布類やコックコートにアイロンをかける。不自由を経験したあとでは、両手が使えることは本当にありがたくて、葉はそのことに感謝しながら一枚一枚丁寧にしわを伸ばして仕上げた。

「そんなに働かなくていいんだよ。疲れたでしょう」

「ぜんぜん平気です」

瑠可の労《ねぎら》いに、葉はかぶりを振った。実際、以前と比べると格段に疲れにくくなっている。

「毎日瑠可さんの栄養満点のご飯を食べてるから、すごく元気です」

「それはよかった。でも、本当にそんなに頑張らないで。給料分だけ働いてくれたら充分なんだから」

苦笑いする瑠可に、葉は真面目な顔で答えた。

「だったら、もっと働かないと。この前いただいた初月給、明らかに多すぎましたし」

「まだ言ってるの」

瑠可が呆れ顔になる。

「普通にうちの相場だよ。気になるなら健太郎くんに確かめてごらんよ」

「でも、最初に踏み倒した飲食代とか、通院費とか……」

「ちゃんと差し引いたって言ったでしょ」

「それであの額は、やっぱり多いです」

「きっと前の職場の待遇がひどすぎて、一般的な相場がわからなくなってるんだよ。こうやって時間外労働もしてもらってるんだから、少ないくらいだ」

「でも、居候させてもらってる家賃とか、食費とかだって」

「僕だってバカじゃないんだから、ちゃんと損しないように差し引かせてもらってます。はい、この話はおしまい。今夜の夜食は白菜のクリーム煮だよ」

湯気のあがる皿をテーブルにセットして、瑠可はアイロンのスイッチを切ってしまう。

おいしそうな一皿を前に、葉の方は話をおしまいにできずにいる。

プロの手料理を、毎晩こうして当たり前のように食べさせてもらっている。この食事代だって本当に差し引いてくれているのかどうか、あやしいものだ。

だが、それもこれも自分が瑠可の弟に似ているからなのだと思うと、甘えさせてもらう申し訳なさが、少し薄らぐ。

一方で、身の程知らずだとは思うけれど、弟の身代わりとして庇護《ひご》されることに複雑な思いもあった。

弟になりたいわけじゃないのに。

……じゃあ、何になりたいの？

湧き上がる自問から、葉は目を背《そむ》ける。それは、考えてはいけないことだと思うから。

黙り込む葉が、給料の話に納得していないと思ってか、瑠可はふっと笑って、葉の方に身を乗り出してきた。

「じゃあ、明日買い出しにつきあってもらえないかな？」

翌日は火曜で、週に一度の店休日だった。

「買い出し？」

「うん。食材とキッチン道具を見て回りたいんだ。荷物持ちについてきてよ」

食材の大半は専門の卸《おろし》と農家から直接仕入れているので、買い出しに同行するのは初めてだった。

「もちろんです！」

「そんなこんなで休日もこき使う悪辣《あくらつ》な店主なんだから、遠慮《えんりょ》しないでたくさん食べて」

なんだか結局丸め込まれた気がしないでもなかったが、葉は健康的な空腹感に誘われるまま、「いただきます」とスプーンを手に取った。


翌日、葉が連れていかれたのは、遊園地とショッピングモールが併設《へいせつ》された郊外の複合施設だった。

電車に乗るのは久しぶりだった。葉が交通系ＩＣカードを持っていないと知って瑠可は驚いていたが、以前のバイトも徒歩通勤だったたし、プライベートで電車代を使ってまで外出したい場所もなかった。とにかく瑠可と出会う前の葉は、生きているだけで手一杯だった。

今まで、雑踏は孤独を再認識するためにあるのだと思っていたけれど、瑠可と一緒に歩くと、景色はまるで違って見えた。

瑠可はショッピングモールの製菓材料店で木べらや珍しい香辛料を選びながら、葉が見たこともないそれらの用途や味をひとつひとつ説明してくれた。

混ぜて焼くだけの製菓キットを葉が物珍しく眺めていると、瑠可が「そういうの、興味あるの？」と訊ねてきた。

「こんなものがあるんですね。初めて見たから面白いなって」

「作ってみる？　葉くんの手料理、ごちそうしてよ」

瑠可が箱を手に取ってレジかごに入れようとするので、葉は慌ててかぶりを振った。

「まさか。お菓子なんて作ったこともないし、キットで作ったお菓子をプロに食べてもらうなんて」

「プロの店のお菓子も、案外こういうミックス粉を使ってるんだよ。初挑戦にはうってつけ」

瑠可は自分の道具と一緒に、ガトーショコラのキットをレジに持って行ってしまった。

書店に寄って料理の専門誌を何冊か買うのにつきあい、次に連れていかれたのはレストランフロアだった。

「気になってるバルがあるんだけど、一人だと頼める品数も限られてくるから、誰かと一緒のときに入ろうと思ってたんだ」

そう言った通り、瑠可はあれこれとよどみなく料理を注文し、次々と葉に取り分けてくれた。

「どう？」

牡蠣《かき》のアヒージョを食べながら、葉はコクコクと頷いた。

「すごくおいしいです。でも、あの、荷物持ちの仕事のはずだったのに、荷物は全部瑠可さんが持ってるし、食事までごちそうになって、なんだか仕事って感じがしないです」

瑠可はくすっと笑って、茶目っけたっぷりに言う。

「デートみたい？」

「まさか！　そんなことは全然思ってないです」

心の中を見透かされたようで、慌てて強く否定すると「冗談だよ」と瑠可は苦笑いした。

「食べ歩いて研究するのも仕事の一環。葉くんもちゃんと舌で味を記憶しておいてね」

感想を言い合ったり、隠し味を当てっこしたり、楽しい食事のあと、瑠可はいたずらっぽい表情で言った。

「葉くん、観覧車好き？」

「観覧車？」

「ここの観覧車、日本有数の大きさらしいよ。乗ってみない？」

よほど興味があるのか、瑠可がひどく楽しそうなので、葉は素直に従った。

いつの間にか季節が進み、日陰になった順番待ちの列は少しひんやりしていた。

「寒くない？」

「大丈夫です」

寒いなんて言ったら、瑠可のことだから自分のニットを脱いで貸してくれそうなので、葉はさらっと見栄を張った。

観覧車が、動いている状態で乗るものだということすら、葉は知らなかった。不安定に揺れるゴンドラに乗り込み、ゆっくりと上昇しはじめると、見たこともない景観にゾクゾクした。

やがて自分のゾクゾクが、単に感動から来るものではないと気付く。四分の一ほどの高さまで上がったところで、足が震え、冷や汗が出てきた。

「葉くん、大丈夫?」

異変を察して、向かいの瑠可が身を乗り出して顔を覗き込んでくる。

「大丈夫です。すごいきれいですね、景色……」

余計な心配をさせまいと、窓の外の景色を眺めるふりをしようとしたが、恐怖でパニクりそうになり、思わず窓から視線を逸《そ》らす。

「あれ、ダメそうだな」

苦笑いとともに瑠可が立ち上がったので、ゴンドラが揺れ、葉は声にならない悲鳴をあげて手すりにしがみついた。

瑠可は葉の隣に移動してくると、ニットを脱いで窓に面した方の葉の半身に頭からすっぽりかぶせた。

「真下じゃなくて、正面の遠景を見てると、そんなに怖くないと思うよ」

そう言って、瑠可はセーターごしに安心させるように葉の肩を抱いてくれた。

風呂場の一件以降、というかそれ以前も、こんなふうに触れられるのは初めてだったから、葉は動揺して胸が激しくドキドキした。

「ごめん、高いところダメだったのか」

「自分でも、初めて知りました。観覧車、乗ったことなかったから」

「一度も？」

「はい」

思えば高層ビルにのぼったこともないし、飛行機に乗ったこともない。葉の知っている高い場所は、せいぜい中学校の校舎の三階か、歩道橋くらいだった。

「高所恐怖症って、案外慣れの問題だっていうから、徐々に慣らしていこうよ。次はもっと低いやつにしよう」

足元のおぼつかなさにゾワゾワしながら、次があることにわくわくしている自分に戸惑う。

「僕はね、観覧車が大好きなんだ。目についたやつは全部乗ってみることにしてる。商業ビルの屋上にあるやつとかも」

意外と子供っぽい瑠可の趣味に、思わず笑ってしまう。

「葉くんは？　なにが好き？」

「遊具で？」

「遊具でも、乗り物でも、食べ物でも、動物でも、なんでも」

咄嗟《とっさ》に訊かれて戸惑いながらも、本来の生真面目さで一生懸命考える。

「えっと……この前瑠可さんと一緒にテレビで見たやつ。あの体重移動で動く不思議な乗り物に乗ってみたいです」

「ああ、セグウェイ？　あれ面白そうだよね！　ほかには？」

「新幹線とか」

「いいね。今度一緒に乗ろうよ。じゃ、好きな食べ物は」

「瑠可さんのフリット」

「嬉しいな。また作るよ」

「それからレンズ豆のスープとか、レバーの生姜煮も好きです」

「僕の作ったものばっかりで光栄だな」

瑠可の作る料理は本当においしいのだ。

瑠可は葉の顔を間近に覗き込んで言った。

「葉くんの細胞は、今は、ほとんど僕が作ったものでできてるのかも」

その表現になんだかドキドキしたが、実際そのとおりだった。

「たくさん食べて、早く大人になるんだよ」

冗談とも本気ともつかない顔で瑠可が言う。葉は真面目な顔で頷いてみせた。

早くもっとしっかりして、瑠可にたくさん恩返しをしたいし、自分一人でもちゃんと生きていけるようにならなくては。

「じゃあ、行ってみたい場所はある？」

どこかに行きたいなんて考えたこともなかったけれど、そう訊かれて、葉は瑠可の家のリビングにかかっている海の写真のカレンダーを思い出した。

「沖縄に行ってみたいです。本当にあんなに海が青いのか、生で見てみたい」

「写真よりもっと青くてきれいだよ。いつか行ってみよう。でもその前に、飛行機に乗っても大丈夫なように高所恐怖症を克服しておかないとね」

からかわれて葉も思わず笑ってしまう。瑠可は「ほかには？」とさらに訊ねてくる。

そうそう行きたい場所なんてないと思っていたのに、水を向けられると案外次々と出てきた。みかんが好きだから、瀬戸内《せとうち》のみかん畑を見てみたい。温泉に行ってみたい。砂丘を歩いてみたい。肉眼で天の川が見える場所に行ってみたい。

高所恐怖で逆にハイになっているのか、自分でもびっくりするくらい次々と行ってみたい場所を思いついた。

話しているうちに、観覧車は一周して地上に戻っていた。

ややフラフラと降り立ち、かぶっていたセーターを返そうとすると、

「邪魔だから預かっておいて」

瑠可はそれを葉の肩に結び付けた。少し寒かった襟元《えりもと》がほわっと暖かくなる。

瑠可と一緒にいると、時々なんだか涙が出そうになる。

自分は、今ここにいるたくさんの人たちの中で、いちばん幸せに違いないと感じ、まさか自分がそんなことを思う日が来るなんてと、信じられなかった。

最低限の生活すらギリギリだった頃は、いくら訊かれても行きたい場所なんかひとつも思いつかなかっただろう。

どこかに行ってみたいと思うわくわく感。こうしてやさしくしてもらったときの幸福感。おいしいと感じること。全部瑠可がくれた感情だった。

隣を歩く美しい男のことを自分がどれほど好きか、なにかの啓示のように理解する。

葉は恋をしたことがなくて、恋愛感情がどういうものかよくわからない。でも、瑠可に対する気持ちは、今まで誰にも感じたことのないものだった。

この人が世界のすべて。ずっとずっと、そばにいたい。一生瑠可の作るものを食べたいし、死ぬまで瑠可のために働きたいし、息が止まるくらい瑠可に抱きしめられたい。

「ずり落ちそう」

肩からずれたセーターを瑠可の大きな手が直してくれる。ひと月ちょっと前、その手に一度だけされた行為のことを思い出すと、こんな場所なのにあらぬところに熱が集まりそうになって、焦った。

何考えてるんだよ。最低。

今はっきりと自覚した気持ちを、葉は瑠可に告げるつもりはなかった。

瑠可が葉を助けてくれたのは、持ち前のやさしさと、亡き弟への想いからなのだ。こんな邪《よこしま》な気持ちを伝えるのは、恩を仇《あだ》で返すに等しい。

瑠可はやさしいから、葉の気持ちを知っても嫌悪や落胆を顔に出したりはしないだろう。でも、どんなふうに断られるかまで想像がつく。

葉くんは今までが不遇だったから、僕のちょっとした手助けに対して大袈裟に感激してくれて、それを恋と勘違いしちゃったんだよ、とか、きっとそんなふうに諭《さと》されるに違いない。

自分でも、そのとおりだと思う。こんなにきれいでやさしい人に親切にされ、胃袋を掴まれて、好きにならない人間はいないだろう。

せめてこの気持ちを気付かれないようにしなければ。誰にも顧《かえり》みられない存在だった葉の命を救ってくれた瑠可を、くだらないことで煩《わずら》わせたりしてはいけない。一人でちゃんと生きていくことが、瑠可に対する一番の恩返しなのだ。

6

「葉《よう》くん、めちゃくちゃ元気そうだね！」

一ヵ月ぶりに客として店を訪れた由麻《ゆま》にハグされて、葉は手のやり場に困っておろおろした。

「赤ちゃんがつぶれちゃいます」

「こんなことでつぶれるようなやわな子じゃないわよ」

由麻は笑って大きなお腹を力士のような手つきで触る。

「そんな大きなお腹でうろうろして大丈夫なんすか？」

「大丈夫よ。予定日はまだ半月先だもん」

健太郎《けんたろう》の心配を笑い飛ばし、由麻はカウンター席によいしょと掛けて、ランチメニューを眺める。

「なににしようかなぁ。久々の瑠可《るか》の料理、すっごく楽しみにしてきたんだ」

由麻のランチのオーダーを訊《き》きながら、葉はカウンターのいちばん奥の席に目をやった。

瑠可が、ちょうど同じくらいの年齢の男性客と、カウンター越しに親しげに談笑していた。

ひとつ屋根の下で暮らしながら、瑠可が今誰かとつきあっている気配を感じたことはないけれど、もしかしたら葉が知らないだけかもしれない。

「あの人、瑠可の元カレ」

葉の視線の先に気付いたらしい由麻にさらっと言われて、葉は何重にも驚く。

「……知ってたんですか？」

「瑠可がゲイだってこと？　まあ幼馴染みだしね。ていうか葉くんも知ってたんだ。……まさか変なことされてないでしょうね？」

からかうように言われて、葉は赤面しながらかぶりを振った。

「まさか」

「なにかされたら、遠慮《えんりょ》なく蹴り倒していいんだからね」

手が不自由だったときに、一度だけ触ってもらったことがあるけれど……と思い出すと、さらに頬が熱くなった。

「瑠偉《るい》くんが亡くなってから、瑠可は仕事一筋でストイックになっちゃったのよね」

由麻の呟きから、瑠可がどれほど弟を大事に思っていたかが伝わってくる。

「由麻ちゃん、お腹すごいね」

いつの間にかこちらにやって来た瑠可が、感嘆の声をあげる。

「でしょ。もう重たくって、いちいちどっこいしょって声が出ちゃうわ」

今日は夫が出張で、なにかと世話を焼いてくる母親も友達と日帰りのバスツアーに出かけたため、一人で羽をのばしに来たのだという。

由麻とひとしきり親身な挨拶《あいさつ》を交わし合ったあと、瑠可はカウンター席の男性の注文のビーフシチューの皿に仕上げを施《ほどこ》し、「お願いします」と葉に手渡してきた。

「あの、瑠可さんが行かなくていいんですか？」

葉は遠慮がちに小声で訊ねた。

「え？　……あ、もしかして由麻ちゃんになにか言われた？」

葉は動じていない素振りを装うために、ちょっと微笑んでみせた。

そのくせ心の中では『元』とついてもひどく動揺している自分がなさけない。

いっそのこと「実はよりを戻したんだ」とでも言ってくれた方が気が楽になるのにと思う。

葉はまた例の持って生まれた運の量の話を思い出す。ずっと不運続きだった葉はそんな説はまったく信じていなかったのに、この二ヵ月足らずの間に、今までの人生の不運を補って余りある幸運に恵まれ、運不運のバランス収支は本当にあるのかもしれないと思い始めていた。

だから分不相応な幸福感は、逆に葉を不安にした。いっそガツンと思い知らせて欲しい。そうそういいことばかりは続かないって。

「今はふつうにお客さんとして来てくれるだけだよ。彼にはラブラブな恋人もいるしね」

あっけらかんとした笑顔で皿を託《たく》され、ほっとしたようなもやもやするような気分で、葉は男性客のところに皿を運んでいった。

「ありがとう」

会社員らしいスーツ姿の男は、感じのいい笑顔で葉にお礼を言った。

自分なんかとは全然違う大人の男の色香のようなものに、気おくれする。

自分は瑠可の好みからは程遠い存在なのだ。

ランチタイムが終わる頃になって、健太郎が化粧室の方に視線を送りながら葉にぼそっと声をかけてきた。

「由麻さん、トイレ長くない？」

言われてみれば、化粧室に立ってもう十分くらいいたつ。女性はメイク直しなどしているから得てして時間がかかるが、それにしても少し長すぎる気がする。

「声をかけてみましょうか」

葉は化粧室のドアをノックして、そっと声をかけた。

「由麻さん？　大丈夫ですか？」

同時に内側から鍵《かぎ》が開いたので、ほっとした。が、それも束《つか》の間、紙のように白い顔をした由麻は、お腹を押さえてへたへたとその場に膝を落とした。

「由麻さん⁉」

「どうしよう、これ、陣痛なのかな……」

「お腹、痛いんですか?」

「さっき、ものすごく痛くなって、出血して……破水なのかな……でも、出血するなんて聞いてなかったし、予定日までまだ二週間あるし……」

突然の腹痛と出血に、由麻は動揺しきっているようだった。

ただならぬ様子を察して、健太郎と瑠可もやってきた。

「由麻さん、大丈夫ですか?」

「どうしたの?」

「陣痛みたいで、出血したって……」

葉がオロオロ答えると、

「救急車!」

健太郎が携帯を取り出した。それを瑠可が制した。

「待って、救急車だと出産予定の病院に搬送《はんそう》してもらえない場合があるから。由麻ちゃん、痛みはどれくらい?」

「今は……大丈夫……」

「健太郎くん、タクシー呼んで。葉くん、付き添える?」

「はい!」

「上からビニールシートとバスタオルを持ってきて、タクシーの座席に敷いて。由麻ちゃん、自分で病院に電話できる？」

由麻が病院に連絡している間に、タクシーが到着し、葉は由麻と一緒に乗り込んで病院に向かった。

タクシーの中で生まれてしまったらどうしようと、葉はハラハラしたけれど、そんなこともなく、昼間で比較的道がすいていたため、スムーズに産院に到着した。

予定日より早いのと、由麻があんなに青ざめるほどの痛みを訴えていたから、ただごとではないかもと不安になったが、診察後、助産師は落ち着いた笑顔で、もう生まれても問題ない週数で、出血や痛みも正常な経過の範囲内だと教えてくれて、ほっとした。

「ごめんね、面倒かけちゃって。もうお店に戻って大丈夫だよ」

由麻は気丈《きじょう》にそう言うが、表情は不安そうだった。瑠可の許可を取って身内が到着するまで葉が付き添うことにした。

最初は間遠だった陣痛の波は、数時間をかけて徐々に狭まっていき、由麻のつらそうな様子は大変なものだった。苦痛に耐えて葉の手をぎゅっと握るその力の強さが、由麻がどれほどの痛みに耐えているかを物語っていて、葉は由麻が死んでしまうのではないかと怖くなった。だが、時々様子を見に来る助産師が笑顔で「順調ね」というのを見て、安堵《あんど》しつつもこんな状況が順調なのかと、畏怖《いふ》の念を抱いた。

手を握り、腰をさすって由麻を励まし続け、夫の田畑《たばた》が到着したときには、葉も汗だくだった。

「きみが葉くん？　お世話になって、本当にありがとう！」

田畑はメガネが似合う人の好さそうな人物で、何度も葉に頭を下げて、持ち場を交代してくれた。

うしろ髪を引かれながらも、田畑がいれば自分はもう必要ないし、Lucas《ルカ》の夜の営業も始まっている時間だったので、葉は病院をあとにした。

店に戻ってからも、由麻のことが気になって仕方なかった。数時間つきそっただけの葉ですら、こんなに疲労困憊《こんぱい》なのに、由麻はこれからが本番なのだ。

テレビドラマやドキュメンタリーで出産の様子を見聞きしたことはあるが、それらはほんの数分に編集されている。本当の出産があんなに大変で、時間のかかるものだなんて、知らなかった。

瑠可の携帯に由麻からのLINEメッセージが入ったのは、店の営業時間が終わり、一緒に気を揉んでいた健太郎が帰ったあと、二人で二階にあがったときのことだった。

「生まれたって！」

瑠可が目を輝かせて、携帯を葉に向けてきた。

『二九〇〇グラムの女の子です！』

というメッセージの下に、赤ちゃんという言葉どおりに真っ赤な新生児を胸元に抱いて、弾けるような笑みを浮かべた由麻の写真があった。

「よかった……」

安堵でへたり込みそうになる葉のために、瑠可が椅子を引き寄せてくれた。

「……由麻さん、笑ってる」

「うん、嬉しそうだね」

話していると、今度は葉の携帯に由麻から電話がかかってきた。

『葉くん！　写真見てくれた？』

「はい。おめでとうございます。赤ちゃん、すごくかわいくて、早く会いたいです」

『ありがとう！　葉くんのおかげだよ』

由麻の声は明るさと元気に満ちていて、葉の疲労感まで一気に吹き飛ばした。

ちょっと待って、と由麻が言ったあと、電話口の声は田畑に代わった。

『葉くん、ありがとう！　きみが由麻を病院まで運んで、ついててくれたおかげで、由麻も本当に心強かったって言ってます』

田畑の声はひどく上擦《うわず》り震えていて、『やだもう、どうしてあなたが泣いてるの』という笑い交じりの由麻の声が聞こえてくるのが微笑ましかった。

遅れて到着したらしい由麻の母親も電話に出て、葉に繰り返し礼を言ったあと、

『よりにもよって私も田畑さんも出かけている日に産気づくなんて、本当に天邪鬼《あまのじゃく》な子よね』

安堵から漏れたであろう言葉に、『ママはすぐそうやって余計なこと言うんだから』と由麻が例によってつっかかり、だがそんなやりとりさえも微笑ましい幸福感に満ちていた。

瑠可もひとしきりお祝いの言葉を伝え、通話を終えた。

胸の中が熱くて熱くて、なにかが溢れそうだった。

瑠可と目が合ったとたん、その熱いものは滴となって葉の瞳から溢れ出した。

「葉くん？　どうしたの？」

瑠可が驚いたように葉の顔を覗き込んでくる。

葉は涙で声を詰まらせながら言った。

「お母さんになるって、すごいことだなって思って。あんなに大変な思いをした直後に、あんなふうに笑顔になれて……」

瑠可は葉の前に屈《かが》みこんで、うまく説明できなくてもどかしく言葉を切る葉を、せかすでもなくじっと見つめてくる。

「赤ちゃんが生まれたら、お母さんはあんな笑顔になって、お父さんは嬉し泣きしてて、おばあちゃんも幸せそうで、全然関係ない他人の俺まで、こんなに嬉しくて……」

「うん。僕もすごく嬉しいよ」

そう言って、瑠可は葉の頭を撫でてくれた。葉は自分でもよくわからない涙を、きまりわるく拭いながら続けた。

「俺が生まれたときも、きっと両親はあんなふうに喜んでくれたんだろうなって……」

「もちろん。絶対にそうだよ」

「それなのに、俺は、あんなに苦しい思いをして産んでもらった命を、あんなふうに祝福してもらった命を、もうどうでもいいって思ってた……」

あやすように葉の髪を撫でていた手が止まる。

「……葉くん、最初にうちの店に来たとき、思いつめた顔をしてたよね」

やはり気付かれていたらしい。葉は正直に認めた。

「もっと、ちゃんと生きなきゃいけないのに、投げやりになって、人生を終わらせようとしてました」

「怪我をして働けなくなって、追い詰められていたんだね」

「自業自得です。怪我をしたのは自分のせいだし、労災のことだって、ちゃんと調べもせずに……」

もっと早く頼るべき施設や制度だってあったはずだ。忙しいとか、生きていくだけで手一杯とか思っていたし、実際そうだったけれど、尽くすべき手段はいくらでもあったはずだ。

なりふり構わずそういう何かを探さなかったのは、自分の命を軽く見ていたからだ。どうでもいい。なんでもいい。自分がどうなっても、誰も悲しみはしない。

かろうじて本能に生かされていただけで、心はもう死にかけていた。

「葉くんは頑張ってたよ」

「全然頑張れてないです」

「よく、うちの店を覗いてたよね」

急に言われて、葉はびっくりして顔をあげた。

「昼間は外の方が明るいから、きみがいつもそっと覗き込んでいるのが中からはよく見えた。営業時間に来てくれたらいいのにって、由麻ちゃんたちともよく話してたんだよ」

こっそり盗み見しているつもりだったのに、逆にずっと見られていたと知って、葉はいまさらながら恥ずかしくなった。

「でも、きみがいつも疲れた顔をして、元気がないのが気になってた。一度声をかけてみようかなって思ってた矢先に、きみの方から店に来てくれた」

赤の他人だったのに、そんなふうに心配してくれていた人たちがいた。

それなのに、自分はその好意を踏みにじったのだ。

「ごめんなさい……俺……」

「きみを助けられてよかった。元気になってくれてよかった。祝福されて生まれてきたことを、ちゃんと思い出してくれてよかったよ」

瑠可の言葉にまた視界が揺らぐ。

「俺なんて……そんなふうにやさしくしてもらう資格ないのに……」

瑠可はまた葉の髪を撫でながら言った。

「葉くんはなんでもかんでもそうやって卑下《ひげ》するけど、それじゃ自分がかわいそうだよ。もっと自分をいたわってあげて」

「いたわるなんて。俺、全然頑張れてないのに」

「ほら、そういうところ。ダメだダメだって暗示をかけるから、どんなに頑張っても、頑張った実感が持てないんだと思う。自分のいいところを認めてあげたら、もっと元気になれるはずだよ。まずは今日。由麻ちゃんのつきそい、頑張ったね」

「そんな。頑張ったのは由麻さんで、俺なんか全然……」

「ほら、また」

瑠可のカンロ飴のようにきれいな目に、苦笑いが浮かんでいる。

「きみは自分を卑下する天才だね。嘘でもいいから、今日頑張った自分をほめてあげようよ」

「……ええと……由麻さんの一億分の一くらいは、頑張った……かもしれないです」

瑠可はクスクス笑う。

「まあ、最初はそんなものかな。これからたくさん練習しよう」

葉の濡れたまつ毛を瑠可はおいしそうな匂いのする指先で拭い、労うようにぎゅっと強く抱きしめて、背中をポンポンと叩いてくれた。

弟にするようなやさしいハグ。

でも葉の胸は甘くよじれて、心臓のドキドキが瑠可に伝わってしまわないかと、不安になった。

7

溢れそうな想いを押し隠して、弟ポジションから逸脱《いつだつ》してはいけないと自分に言い聞かせる日々の中で、そのちょっとした出来事は起こった。

クリスマスが近づき、街は華やぎを増していた。Lucas《ルカ》でも店の外の鉢植えのコニファーに控えめな装飾がほどこされ、メニューもクリスマスらしいラインナップになった。

「すっかり仕事が板についてきたね」

葉《よう》がメインの皿の説明をすると、夫婦で来店していた戸田《とだ》が笑顔で言った。

「ありがとうございます」

葉はくすぐったい気持ちで答えた。

由麻《ゆま》に家族が増えたことで改めて命の重さを知り、瑠可《るか》のやさしさに元気づけられた葉は、いっそう仕事に打ち込んで、充実した日々を送っていた。

「ここで一緒に暮らしているんですってね。瑠可くんも弟ができたみたいで、よかったじゃない」

戸田の妻が、カウンター越しに瑠可に話しかける。自分の気持ちの邪さにうしろめたさを覚えていた葉は、弟という言葉に複雑な気持ちになりながらも、作り笑顔で聞き流していた。デザートの皿にカラメルで最後の仕上げをほどこしていた瑠可が手を止め、ちらりと葉を見てから戸田の妻に向かって言った。

「僕の弟は、亡くなった瑠偉《るい》だけです」

瑠可はいつものやさしい笑顔だったが、きっぱりとした声で言い切られて、葉は一瞬その場で凍り付いた。

「あら、ごめんなさいね、私ったら変なことを言って」

戸田の妻も、慌てたように謝罪する。

「いいえ、とんでもない。奥様、いちごはお好きでしたっけ?」

瑠可はすぐに愛想よくデザートの話に切り替え、絵画のように美しく盛り付けられた一皿に妻の関心を向けさせた。

葉はショックで混乱しながらバックヤードに引き返した。

自分はいったいどんな思い違いをしていたのだろう。

由麻から瑠可の弟の話を聞いて以来、瑠可は葉に弟の姿を重ねて親切にしてくれているのだと勝手に思い込んでいた。それ以外に、自分に親切にしてくれる理由が思い当たらなかったから。

瑠可に淡い恋心を抱くようになってから、そんな自分を制するために、瑠可にとって自分は弟ポジションに過ぎないのだと言い聞かせていた。

それはなんという厚かましい勘違いだったのか。

『僕の弟は、亡くなった瑠偉だけです』

牽制《けんせい》するように葉を見てから、きっぱりと言い切った瑠可。葉の厚かましい心中に気付いて、釘《くぎ》を刺したのかもしれない。

傷つくことすら厚かましいと思いながら、葉はぎゅっと拳《こぶし》を握りしめた。瑠可が親切にしてくれたのは、ただただやさしい人だから。自分の店で行き倒れた未成年を放り出せない情に厚い人だったからだ。

仕事のあと、いつものように瑠可が作った夜食を向かい合って食べながら、葉は身の置き所のない気分だった。あたりまえのようになったこの日常に、いかに自分が甘えていたか。

葉だって、先のことをまったく考えていないわけではなかった。由麻の復帰と共に、自分はここを出て行くのだし、そのために給料は一切無駄遣いせずに貯金していた。いつか新しい仕事を探して、自分の部屋を借りて、独立しなければならない。

だが、今までこんなに楽しくて幸せな毎日を送ったことがなかったから、しばし現実から目をそらして、この居心地のいい生活に甘えていた。

葉はちらりと向かいの瑠可を盗み見た。今日は珍しく、食事と共にワインを飲んでいる。やさしい瑠可は、今まで葉が邪魔だという素振《そぶ》りを一度も見せなかったけれど、心の中ではどう思っているのだろう。住むところもないようだから一時的に住居を提供してやったら居ついてしまって、心の中では『いつまでいるんだろう』と思っても、やさしい瑠可は口に出せずにいるのかもしれない。

自分の方から言わなくてはいけない。近い将来、ちゃんと独立するつもりでいることを。必要最低限の貯金ができしだい、出て行くから、と。

いや、そんなふうに言ったら、人のいい瑠可はアパートの敷金礼金を立て替えるとか言いだしそうだ。

居座り続けるつもりではないことを、余計な心配をかけずに伝えるにはどう言えばいいのかと考えていたら、瑠可と目が合った。

「葉くんも飲む?」

瑠可がグラスを掲《かか》げてみせる。どうやら葉の視線を、ワインへの興味だと思ったらしい。

「いえ、まだ未成年なので」

葉が答えると、瑠可は「そうだったね」と微笑んだ。

「葉くん、誕生日はいつ?」

軽く投げかけられた質問に葉は戸惑い、思わず訊ね返す。

「瑠可さんは？」

「僕は七月七日」

「わ、七夕ですね」

「そうなんだ。で、葉くんは？」

うまくはぐらかせたかと思ったが、そうはいかず、葉は仕方なく小さな声でぼそぼそと答えた。

「……十二月二十四日です」

瑠可の茶色の瞳が丸く見開かれる。

「クリスマスイブ？　素敵だね！」

「いえ、全然……」

葉は落ちつかなくなって、目を泳がせた。

学生時代も、これまでの職場でも、なんとなく雑談の中で誕生日を訊かれて答えると、微妙な表情を浮かべられたものだ。聖なる日、というか日本ではイブはただただお祭りみたいな華やかな日で、葉のような人間がそんなおめでたい日に生まれたというのは、なにかの皮肉かネタとしか思えない。

「じゃあイブは、店を閉めたあと、みんなで葉くんの誕生祝いをしよう。由麻ちゃんも、ちょっとくらいは顔を出せるかもしれないし」

「いいです！」

思わずムキになって言うと、瑠可が驚いたような顔になったので、葉は慌てて言葉を継いだ。

「いえ、あの、そういうの慣れてないし、かえって申し訳なくて落ち着かないし、由麻さんだって、こんな寒い時期の夜に出歩いて風邪でも引いたら大変だし……」

誕生日なんて祝ってもらったことがないから、嬉しいよりも恐縮して、落ち着かない。健太《けんた》郎《ろう》や由麻が、イブ生まれを変にからかったりするとは思えないが、とにかくそういうことに慣れていなかった。

葉があまりにも必死で拒んだせいか、瑠可は苦笑いで「わかった」と言った。

「じゃあ、二人で乾杯しようよ」

本気とも冗談ともつかない誘いにどう答えたらいいのかわからず、葉はなんとなく話題を変えた。

「由麻さんの仕事復帰はいつ頃なんですか?」

「半年後くらいって言ってたかな」

それが自分にとって長いのか短いのかはかりかねていると、瑠可がいたずらっぽい顔で葉を覗き込んできた。

「由麻ちゃんが早く復帰してくれれば、もっと待遇のいい仕事に転職できるのにとか考えてた？」

「そんな……」

逆に、本当は半年じゃなくてもっとずっと長くここにいたいと思ってしまったのだ。

厚かましい本心を気取《けど》られないように、葉は適当に返事の方向性をはぐらかした。

「こんなに待遇のいい仕事はないから、本当に感謝してます」

話題を変えたりはぐらかしたりしているうちに、結局葉は、居座り続けるつもりではないということを表明しそびれてしまった。


「ごめんね、怒った？」

瑠可は苦笑いで葉の顔を覗き込んできた。

クリスマスイブの営業が終わった深夜、リビングのテーブルには色とりどりの包装紙とリボンが広がっていた。

健太郎、由麻、由麻の夫、そして戸田夫妻からの、誕生日プレゼントだった。

「葉くんにストップかけられていたから、言うつもりはなかったんだよ？　でも、この前、健太郎くんが元旦生まれで、いつもお年玉と誕生祝いを一緒にされてたって話を聞いて、そういえば葉くんはイブ生まれなんだよって、つい口を滑らせちゃったんだ。そしたら健太郎くんがみんなにしゃべっちゃったみたいで」

戸田夫妻は食事に来た折に、『よかったら使ってね』とマフラーをプレゼントしてくれた。

由麻は営業時間が終わる頃に滑り込んで来て、セーターと、葉を恩人とあがめているという田《た》畑《ばた》からの手袋を届けてくれた。健太郎からは『俺のと色違いなんだ』というニットキャップをもらった。

「みんな相談したわけでもないだろうに、うまいこと全身コーデされてるね」

プレゼントは、どれもこれも暖かそうなものばかりだった。

「葉くんは、なんとなくあたためてあげたくなる佇《たたず》まいなんだよね」

幸せな贈り物の数々に、じんとして涙が出そうだった。

「俺なんかのために、こんなにしてもらって、申し訳ないです」

「そういうときは、申し訳ないじゃなくて、嬉しいって言うんだよ」

瑠可はそう言って、一旦《いったん》キッチンに消えたと思ったら、シャンパンを手ににこにことリビングに戻って来た。

「僕からはこれ」

Lucasで数ヵ月働かせてもらっているから、酒の味はわからなくても、そのボトルが店でポピュラーに出るものよりもワンランク上のものだということはわかる。

「そんな高価なの、俺なんかにはもったいないです」

「言うほど高くないよ。これ、甘口で初心者には飲みやすいから」

瑠可は見惚《みと》れるような手つきでシャンパンの栓《せん》を抜き、二つのグラスに美しく泡立つ液体を注いだ。

「二十歳の誕生日、おめでとう」

「……ありがとうございます」

葉ははにかみながら不器用な手つきでグラスを手に取った。

いい香りの液体は、口の中でぱちぱちはねて、ふんわりフルーティーな香りがした。

「どう?」

「おいしいです、すごく」

「それはよかった」

いつもは消化のいいものが多い夜食だが、今夜は誕生日を意識してくれたのか、明日が店休日で夜更かしできるからなのか、華やかなつまみふうのものをずらりと並べてくれる。

シャンパンの爽やかな口当たりに食欲も刺激される。

「僕が二十歳のときは、修業先の先輩が生まれ年のワインでお祝いしてくれたんだ」

「すごい。年代物のワインって高価なんでしょう」

「それが……」

瑠可はなにか思い出したように笑う。

「先輩の実家の物置きに常温放置されてた、普段飲みの二十年前のワインだったんだ。びっくりするくらいすっぱくなってて、先輩とむせまくったよ」

そこから話は瑠可の修業時代の面白おかしいエピソードへとスライドしていき、葉は瑠可の話術に引き込まれながら、二十歳の誕生日の夜を心の底から楽しんだ。

「そうだ。葉くんにもうひとつプレゼントがあるんだ」

そう言って瑠可が席を立ったときには、葉は生まれて初めてのアルコールでほどよく酔っていた。ふわふわ気分が良くて、今この瞬間、自分が世界一幸せな人間に思えた。

もうひとつのプレゼントってなんだろう。ワインだけでも恐れ多いくらいなのに、このうえもうひとつって。みんなからもらったプレゼントの流れでいったら、防寒具?

運の量が決まっているなら、こんな幸せのあとにはなにか怖いことが起こりそうで、ドキドキしてしまう。

リビングに戻って来た瑠可は、一見なにも持っていないように見えた。いつになく少し緊張した表情を浮かべて葉のそばまできた瑠可は、葉の右手を取って、何かを握らせてくれた。

「これ、どうぞ」

冷たい金属の感触にどきりとする。開いた手の中にあったのは、鍵だった。

葉は怪訝に思って首をかしげた。ここの合鍵は、居候させてもらってすぐに瑠可から渡されていた。

「葉くんの新居の鍵だよ」

「……新居？」

「うん。いつまでもここで僕と同居じゃ、気づまりでしょう？」

葉は呆然と鍵を見つめた。

「ここから歩いて十分くらいの場所だよ。いつもお店に来てくれる不動産屋さんが、格安の物件を紹介してくれてね」

「あの、俺……」

葉はうろたえる。

近々出て行くつもりでいた。ちゃんと自分の方から切り出すつもりだったのに。

「大丈夫、礼金ゼロで、敷金と初月の家賃は、僕からの誕生祝いだから」

ここでの暮らしが幸せすぎて、『近々』を先のばしにしていたせいで、しびれを切らした瑠可から、出て行くように促されるなんて。

自分の厚かましさが恥ずかしいのと、心やさしい瑠可にこんなことを言わせるのが申し訳ないのとで、血の気が引いていく気がした。華やかな幸福感は一瞬にして霧散《むさん》していた。

「すみません」

葉は椅子から立ち上がって頭を下げた。

「自分でも、いつまでも甘えていたらいけないって思っていたんです」

やっぱり自分から言いだすべきだった。瑠可は平静を装っているけれど、こんな言いづらいことを言いだすのは、きっと嫌だったに違いない。

「甘えてるのは僕の方だよ。仕事以外の家事まで手伝ってもらってるし、葉くんがいると癒《いや》される。正直、ずっとここにいてもらいたいくらいだけど」

甘くてやさしい言葉。でも、真に受けちゃいけない。そもそも、瑠可に出会うまで、人を信じたことなんてなかったのに、どうして瑠可の言葉や態度は全部本物だなんて思い込んでいたのだろう。

もちろん、瑠可に微塵《みじん》も悪いところなどない。悪いのは百パーセント葉の方だ。瑠可のやさしさに甘えて、勝手に好意を抱いて、瑠可が内心迷惑して、そろそろ出て行ってくれないだろうかと思っていることにも気づけなかったなんて。いつから自分はこんなに厚かましい人間になったのだろう。

「敷金と家賃、ちゃんと自分で払います」

葉が震える声で言うと、瑠可は苦笑いでかぶりを振った。

「だから、これは僕からのプレゼントの一環だから」

そうまでして出て行って欲しいと思っている瑠可の心中を思うと、葉は消えてなくなりたい気持ちになった。

「ごめん、もしかしたら余計なお節介だったかな」

葉の表情が浮かないことを気にした様子で、瑠可が心配そうに訊ねてくる。

こんな高額なプレゼントをもらいながら、ただ茫然《ぼうぜん》としていた自分の非礼に気付いて、葉は慌てて笑顔を作り、大仰《おおぎょう》に喜びを表明してみせた。

「いえ、急なことなのでびっくりしてしまって。あの、すごく嬉しいです。自分の住まいを持てるなんて。自分でも、早く自立したいって思ってたから」

「そうだったんだ」

なぜか瑠可はちょっと複雑そうな顔をする。

「いつから入居できるんですか？」

「いつでも。一応、一月からの契約だけど、鍵をもらった時点で、いつ引っ越ししてもＯＫって言われてる」

「じゃあ、今夜にでも」

瑠可は目を丸くした。

「いくら独り立ちが嬉しくても、今夜はないだろ。水道や電気の手配もあるし」

「じゃあ、明日」

「そんなにいそいそ出て行きたがられると、傷つくな」

瑠可が芝居がかっておどけてみせる。

だって出て行って欲しいと思われていることがわかった以上、一刻も早く瑠可の視界に入らないところに行きたかった。

「年末年始のお休みでどう？　僕も手伝うし」

引っ越し時期はそこで決まったが、仕事のことも気がかりだった。

「あの、仕事はどうしたらいいですか？」

ここを出て行っても、仕事では顔を合わせることになる。葉の存在に瑠可がうんざりしているのなら、仕事も辞めた方がいいのではないだろうか。

「どうって、まさか辞めるなんて言わないよね？」

瑠可が焦った顔になる。

「いえ、あの……瑠可さんが迷惑なんじゃないかと思って」

「なんで迷惑なの？　逆に今、葉くんに辞められたら困るよ」

つまり由麻が復帰するまでは、雇用関係は継続してもらえるのだ。

ほっとしつつも、複雑な気持ちだった。

敷金や家賃を出してでも厄介払いしたい相手。そんな人間を雇い続けるなんて、瑠可だって本当は嫌なんじゃないだろうか。

葉も、まだ衝撃に思考がついていかなくて、ちゃんと今まで通りにできるか自信がなかった。

「すみません、なんだか酔っぱらっちゃったみたいなので、今日は休みます」

「本当だ。目の周りが赤いね。葉くんはアルコール弱いみたいだね」

「今夜はすてきなプレゼントをありがとうございました」

笑顔で礼を言って一人の部屋に戻ると、葉はすっと真顔に戻り、手の中の鍵を眺めた。

徐々に現実が身に染みてきて、なんとも言えない感情がどっと押し寄せてくる。

驚きとショック、胸苦しさ、恥ずかしさ、いたたまれなさ、そして途方もない孤独感。

父親が亡くなってからずっと一人だったけれど、それは葉の中では当然の日常すぎて、とりたてて孤独など意識したこともなかった。

起こった出来事を自分の中で消化するうちに、ショックはじわじわと大きくなっていた。

好きな人に、出て行って欲しいと言われた。当然だ。甘え過ぎたのだ。むしろ、どうしてもっと早く自分から出て行かなかったのだろう。瑠可の方から言わせるなんて、どれだけ悔やんでも悔やみきれない。

戸田の妻に『弟みたい』と言われ、即座に否定していた瑠可を思い出す。葉がちゃっかりと身内のポジションに収まろうとしていることを、瑠可はきっと不快に感じていたに違いない。

瑠可と顔を合わせるのがつらい。もういっそ、仕事も辞めてどこかに行ってしまいたかった。

だが、そんな身勝手なことはできない。葉は元々責任感だけは強く、今までも自ら仕事を辞めたことは一度もなかった。しかも、瑠可にはひとかたならぬ世話になっている。

一から仕事を教えてもらって、やっと邪魔にならない程度の戦力になったところで辞めるなんて、恩を仇で返すようなものだ。

どんなにいづらくても、由麻が復帰するまでは、瑠可に恩返しができるように、ここで頑張って働かなくてはいけない。


二十九日に年内最後の営業を終えたLucasの店内では、プチ忘年会が催されていた。瑠可と健太郎と三人で飲んでいるところに、由麻もちょっとだけ顔をみせた。

「由麻さん、お疲れっす！」

ご機嫌に酔っぱらった健太郎が由麻にグラスを渡してワインを注ごうとすると、由麻はグラスを手でふさいで首を振った。

「授乳中なのでペリエにしておくね」

「えー、あの酒豪の由麻さんが酒を断るなんて！　人って変わるものですね」

「失礼ね！　まあでも、確かに変わったかも」

由麻は瑠可が取り分けた蛸《たこ》とじゃがいものあたたかいサラダを頬張って「おいしい！」とひとしきり悶《もだ》えたあと、感慨《かんがい》深げに言った。

「私が彼と結婚するって言ったとき、うちの母親に健康な人なのかとか年収はとか訊かれて、すっごく頭に来たんだけど、自分が子供を持ってみたら、そういうこと言っちゃう気持ちがいきなりわかるようになっちゃったのよね。エゴイスティックなまでに、自分の子供って大事なものなんだなって」

「そのこと、お母さんにちゃんと言って謝った？」

「まさか。相変わらず顔を合わせればケンカばっかりよ」

瑠可の質問に笑って返しながら、由麻はふと葉のグラスに目をとめた。

「葉くんもペリエ？　もう二十歳になったんでしょう？」

「お酒に弱いたちみたいで、すぐに酔っちゃうんです」

「明日は仕事休みなんだから、ちょっとくらい酔ってハメをはずしてもいいんじゃない？　自分の家なんだから、酔っぱらったら寝ちゃえばいいし」

「それが、今日、このあと引っ越しするので」

健太郎にもまだ言っていなかったので、由麻と二人で「え？」と驚いたように目を見かわす。

由麻は葉の方に視線を戻すと、「こんな時間に？」と訊ねてきた。

由麻が驚いたのは時間帯に関してで、引っ越すこと自体にはなんの言及《げんきゅう》もなかったので、葉は「やっぱり」と思った。

いつまでも居候しているのはおかしな話で、さっさと独立すべきだと、由麻も健太郎も思っていたに違いない。独立資金がたまり次第出て行くつもりではいたけれど、それにしてもその前に肩を叩かれるくらい鈍感だった自分が恥ずかしくて、いたたまれなかった。

「引っ越しって言っても、荷物は鞄《かばん》ひとつだから、隣近所に迷惑をかけるようなことはないので」

「通勤圏内《けんない》だよね？　今度遊びに行ってもいい？」

健太郎に言われて、葉はおどおどと頷いてみせた。その横で由麻が、

「あとで詳細《しょうさい》聞かせてね」

瑠可にぼそっと意味深《いみしん》げになにか囁いた。

田畑に留守番を頼んできたという由麻だが、子供のことが気になるようで一時間もしないうちにそわそわと帰り支度《じたく》を始め、健太郎も由麻を送りがてらそろそろ帰ると腰をあげた。

店の前で二人を見送ると冷気で鼻の奥がツンとして、くしゃみが出た。

「大丈夫？　冷え込んできたから、引っ越しは明日にしたら？」

店内へと引き返しながら瑠可が気さくな感じに言ってくる。

明日どころか、永遠に延期したいと思っている自分。逆に、荷物も何も持たずに、このまま闇雲《やみくも》に飛び出してしまいたい衝動にも駆られていた。

「いえ、予定通り、今夜にします」

葉は努めて平静に答えた。

「そうか。まあ、一刻も早く自分のお城にっていう気持ちもわかるけど」

瑠可は、まるで葉が出て行きたがっているような表現を使う。

店の後片付けを手伝ったあと、葉は二階に荷物を取りに行った。瑠可が借りてくれたワン

ルームの部屋はあらかじめ家具や家電が備え付けられてあるので、引っ越しといっても大した荷物はなかった。それでも、身一つでここに転がり込んできたときよりは、持ち物が増えている。瑠可が買ってくれた服や身の回り品。そして誕生祝いにもらった防寒具が葉をあたたかく包んでいる。

「色々ありがとうございました」

葉が深々と頭を下げると、瑠可は笑い出した。

「改まってそんなふうに言われるとお別れみたいだけど、仕事では毎日普通に会うからね」

そうとわかっていても、ひどく切なくて、でもそんな感傷を顔に出さないように、葉も笑みを浮かべてみせた。

「よいお年を」

「うん。葉くんも。ていうか、明日もあさっても、ご飯食べにおいで。待ってるから」

あたたかい気遣いが嬉しくて、こらえても何かがこみあげてきてしまう。

「時間が遅いから、送って行くよ」

ついて来ようとする瑠可に、葉は頑《かたく》なにかぶりを振った。

「すぐ近くだし、大丈夫です。こう見えても、一応大人だし」

こみあげてくるものをごまかすために、わざとおどけてみせる。

「まあそうか。じゃあ、着いたら電話して」

それでも甘やかしてくる瑠可に苦笑を返して、葉は夜の身を切るような空気の中へと歩き出した。

別になにが変わるわけでもない。寝起きする場所がちょっと変わるだけ。年が明けたら、また今までどおりLucasで働くのだから、毎日瑠可に会えるのだ。少なくとも、あと半年間は。

乾いて冷え切った頬を熱い滴《しずく》が転がり落ちて、葉は困惑して頬を手で拭った。拭っても拭っても涙は止まらず、前のめりにどんどん歩きながら、洟《はな》を啜《すす》った。

ばかみたい。なんで泣いてるんだろう。孤独が怖くなるなんて、どれだけ幸せボケしてるんだ。

本当に幸せボケにもほどがある。出て行くように促されるまで、そう思われていることに気付かなかったなんて。

瑠可との三ヵ月は、本当に楽しくて幸せだった。

生まれて初めて人を好きになって、自分の想いでいっぱいいっぱいで、瑠可が自分の存在をどう思っているかなんて、考えもしなかった。

ようやく一人暮らしに戻れた瑠可は、肩の荷が下りて今頃ほっとしているだろう。これからは気兼ねなく恋人を家に招くこともできるなんて思っているかもしれない。

恋人。

そう考えたら、胸がツンと痛くなった。

誰かを好きになることも、その誰かが自分のものにはならない苦しみも、葉は今まで経験したことがなかった。

胸を吹き荒れる様々な感情は、身を切る冬の夜の寒風よりも堪えた。

見知らぬ誰かに対する激しい嫉妬心《しっとしん》。そんな自分への嫌悪感と罪悪感。寂寞《せきばく》とした孤独感。

どうして好きになっちゃったのかな。瑠可に出会う前みたいに、すべてを諦めて無感動に生きていたら、喜びもないかわりに、こんな気持ちも知らずにすんだのに。

「葉くん！」

不意に背後からよく通る声で呼ばれて、葉はびくっと身を竦めた。

慌ててごしごし涙を拭い、マフラーの中に鼻の頭まで埋める。

小走りの足音が追いついてきて、瑠可が葉の正面に回り込んできた。

「鍵、机の上に忘れてあったよ。意外とおっちょこちょい……」

言葉を途中で切った瑠可は、間遠な街灯の暗がりの下、怪訝そうに顔を寄せてきた。

「葉くん、どうしたの？　泣いてるの？」

「違います。寒くて鼻水が……」

ごまかして顔を背けたら、ふわっと肩を抱かれた。

「いったん戻ろう」

泣いているのを見られたのと、瑠可に抱かれてドキドキしている自分に焦ったのとで、葉は瑠可の手を力任せに振りほどいた。

瑠可は驚いた様子で、空に浮いた自分の手を閉じたり開いたりしたあと、困ったような笑みを浮かべた。

「ごめん、変な意味で触ったわけじゃないから」

葉は慌ててかぶりを振った。謝るべきは自分の方なのに、瑠可に変な言い訳をさせてしまった。

昔、性指向のことでつらい目にあったと瑠可が言っていたのを思い出す。

そうじゃない。そんなつもりで振り払ったわけじゃない。

ただただ、自分の気持ちがやましくて、うろたえてしまっただけのこと。

「……ごめんなさい」

葉はうつむき、マフラー越しにくぐもった声で言った。

「ごめんなさいごめんなさい……」

「葉くん？」

「……瑠可さんのことが、好きです。ごめんなさい、好きです……ごめんなさい……」

身体中の空気が、言葉と一緒に抜けていくような気がした。

伝えるつもりはなかったのに、瑠可に逆の誤解をさせてしまったことにうろたえて、思わず口走ってしまった。

口にしてみたら、身体の中のほとんどすべてが瑠可が好きだという気持ちだけで構築されていたみたいで、へなへなと力が抜けた。

「葉くん！」

ふらつく葉に、瑠可が支えの手をのばす。葉は再びそれを振り払って、逃げるように歩き出した。

「待って」

だがすぐに瑠可に腕を掴まれ、引き留められる。

「今の、どういう意味？」

「ごめんなさい……」

「僕を好きって、どういう意味で？」

「ごめんなさい」

「いや、ごめんなさいじゃなくて……」

言ってしまったことに、葉は激しく動揺していた。身寄りもなく行き倒れるような相手に告白されたら、心やさしい瑠可が無下《むげ》にはできないとわかっている。だから言うつもりなんてなかったのに。

「気にしないでください。瑠可さんの手を払ったのは嫌だったからじゃないって言いたかっただけです。あの、よいお年を」

逃げようとしたが、瑠可は葉の手を摑んで離さない。もう一方の手で葉のバッグを奪い取ると、葉の手を引いて、店の方へと引き返した。

「とりあえず、うちに戻ろう」

葉はぶんぶんとかぶりを振ったが、告白と共に身体中の力が抜けてしまって、引っ張られるままよろよろと店へと戻った。暖房の切れた店内はすでに冷えてきていて、瑠可は葉を二階のリビングへと促した。

いい歳をして、またこんなふうに泣いたりしてはいけないと思うのに、涙が止まらなかった。敷金や家賃を提供してでも出て行って欲しいと思われていたのに、さらなる迷惑をかけてしまったことが、申し訳なくていたたまれない。

一方で、ずっと押し殺していた気持ちを口にしたせいで、感情の箍《たが》が外れてしまってもいた。

「ごめんっ、な、さい……、ごめんなさ……い……」

座らされた椅子の上で、嗚咽《おえつ》でぶつ切りに謝りながら葉は肩を震わせた。

「落ち着いて」

瑠可はコートの上から、葉の背中をやさしくさすってくれる。そんなふうに気を遣わせているることがまた申し訳なくて、もっと涙が出てしまう。

「ごめんなさい……」

「とりあえず、ごめんなさいはやめようよ。葉くんはなにも謝るようなことはしてないんだから」

「……謝るようなことしか、してません。最初からずっと、迷惑をかけて……今だって……」

誰かのお荷物になるのだけは絶対に嫌だと思っていた。だから父親を亡くしたあとも、一人で歯を食いしばって生きてきたのに。

よりにもよって、生まれて初めて好きになった相手に、こんなうんざりするような迷惑をかけている。今すぐ泣き止《や》んで、ここを出て行かなくちゃと思うのに、コントロールがきかない。

「とにかく落ち着いて。迷惑だなんて一度も思ったことはないよ?」

葉はしゃくりあげながらかぶりを振った。

「すぐに……すぐに出て行きます。仕事だって、代わりの人さえ見つかれば、由麻さんの復帰前でも、すぐにでも辞めます。だから……」

これ以上、疎《うと》ましいと思わないで欲しい。

「ねえ、待ってよ。葉くんに辞められたら困るよ。健太郎くんは来年は就活で忙しくなるし、由麻ちゃんが復帰しても、葉くんにはずっと続けてうちで働いてもらいたいと思ってるんだから」

やさしい瑠可が一生懸命機嫌を取ってくれようとするのがさらに申し訳なくて、葉はただただ謝罪の言葉を繰り返した。

ぎゅっと握りしめた拳の中で、鍵が手のひらに食い込んで痛んだ。

葉が情けなく泣きじゃくったりするから、瑠可は必死でなだめてくれるのだ。自分に腹が立って、情けなくて、もっと泣けてくる。

瑠可の本心は、すべてこの手の中の鍵が代弁してくれているというのに。

葉は一生懸命呼吸を整え、なんとか嗚咽を落ち着かせようと努力した。

「すみません、本当に迷惑をかけて」

葉が立ち上がると、瑠可は怪訝そうに眉根を寄せた。

「どこに行くの？」

「アパートです」

「ダメだよ」

「もう大丈夫です。取り乱してすみませんでした」

「ああ、もう！」

瑠可は急に苛々《いらいら》した口調で言って、手のひらで自分の髪をぐしゃぐしゃと乱した。

それから怖い顔で葉を見つめてくる。

あんまり面倒くさいから怒らせたのだと、葉があとずさろうとすると、不意に肩を掴まれた。上から覆《おお》いかぶさるように瑠可の顔が近づいてきて、まさかと思ったときには、唇が重なっていた。

「…………っ」

ただただびっくりして、呼吸が止まる。心臓だけが、うるさいくらい胸の中でばくばくいう。

唇が離れたとたん、手の中の鍵が音を立てて床に転がり落ちた。

瑠可はそれを拾いあげると、自分のポケットに押し込んだ。

「これは、なかったことにして」

葉は怖々瑠可の顔を見た。

どうしよう。やっぱり怒らせちゃったんだ。

「ごめんなさい……」

なにがなんだかわからないまま謝罪を繰り返す葉を見つめて、瑠可は言う。

「葉くんが言ってくれた好きは、こういう好きで合ってる？」

「……ごめんなさい」

叱られているのだと思ってまた謝ると、瑠可はもう一度訊ねてきた。

「正解か不正解かを知りたいんだ。今のはセクハラだった？」

「まさか！」

葉は今しがた瑠可にキスされた唇をそっと指先で押さえた。

「……嬉しいです。一生忘れません」

瑠可はひとつため息をついて、ふっと諦めたような笑みを浮かべた。

「僕は悪い大人だから」

瑠可の手が再び葉の肩にのびてくる。

「きみが恩と恋心を勘違いしているだけだとしても、自分に都合のいいように解釈《かいしゃく》しちゃうよ？」

強く抱き寄せられて、葉は瑠可の腕の中で息を飲んだ。心臓が、破裂するんじゃないかと思うほど、激しく打った。

「……瑠可さん？」

「きみが好きだよ」

耳元で甘く囁かれて、一瞬言葉の意味がわからなくなる。

「……好き？　俺を？」

「うん」

天井がぐるぐる回る。

瑠可はなにを言っているのだろう。葉があまりにも哀れで、同情で頭がヘンになったのか？

葉は混乱して瑠可の胸を押し返した。

「そんなわけないです」

「それはこっちの台詞《セリフ》だよ。まさか葉くんが僕のことを好きだなんて、本当に信じていいの？」

むしろダダ漏れだったんじゃないかと思うくらいなのに、瑠可が疑心暗鬼なのが不思議だった。

「もちろん、慕ってくれてるのはわかってたよ」

葉の窺《うかが》うような視線に、瑠可は苦笑いする。

「でも、葉くんの手が使えなかったとき、洗面所であんなことして、あれからしばらく避けられてただろ？　昔付き合ってた相手が店に来たときも、何日か態度がおかしかったし、ゲイってことを再認識するたびに警戒されてるんだなって思ってた」

「違います。意識しちゃって、どうしていいかわかんなかっただけで……」

「そうだったの？」

「俺は……瑠可さんにここを出て行くように言われた時点で、もう完全に疎まれてるって思ってました」

瑠可は困ったように頭をかいた。

「そういう意味じゃなかったんだけど。葉くんも喜んでくれたみたいに見えたから、まさか傷つけてたなんて思わなかった」

「俺が自分から出て行くって言うべきだったのに、瑠可さんに先に言わせてしまって、本当に申し訳なくて……」

「違うよ！　葉くんがことあるごとにゲイの僕に怯えているように見えたから、自分のお城を持ったら安心するかなって」

そこまで言って、瑠可は言葉を切り、ひとつため息をついた。

「そうじゃないな。それもあるけど、本当はきみに気持ちを伝えるための布石だった」

「……布石？」

「同居している状態で僕が気持ちを押し付けたら、葉くんは逃げ場がないから、それは卑怯《ひきょう》だなって。いつか葉くんが独立したら、そのとき、気持ちを伝えようと思ってた。でも、待ちきれなくて、先走ったことをしちゃったな」

なにもかもが信じられなくて、葉は泣きすぎて腫《は》れぼったい目をしばたたいた。

「……俺なんかのどこが好きなのか、まったく理解できません」

「名前も知らない頃から、かわいいなって思ってたよ」

「え？」

「いつも同じ時間に店を覗き込んでいる、野生の小動物みたいなきみがかわいくて、声をかけたくてうずうずしてた。きみの姿を見るたびに僕が色めき立つものだから、由麻ちゃんと健太郎くんに呆れられてたくらいだよ」

そういえば、ここで働き始めた頃、由麻と健太郎が二人で葉を見ながらなにかヒソヒソと話していたことがあった。

「思いがけず店に来てくれたと思ったら、きみは急に倒れて、びっくりしたけど、運命だって思った。きみの方から、僕の手の中に転がり込んできてくれるなんて」

信じられないことばかりで、葉はすっかり混乱して言葉を失う。

「一緒に暮らしてみたら、きみはただのかわいい男の子じゃなかった。ひどく疲れてて、なんだか痛々しくて」

葉は人生を終わらせようと思っていた頃の自分を思い出す。

「でも、無理矢理いろいろ食べさせていたら段々元気になってきて、毎日きみの顔色が良くなっていくのを見ているのが嬉しかった」

「……瑠可さんのごはん、すごくおいしくて幸せでした」

「過去形で語らないでよ。これからもいやっていうほど食べさせるから」

瑠可は笑って葉の頭を撫でる。

「きみはどんなことにも一生懸命で、ほんの些細《ささい》なことでもすごく嬉しそうにしてくれて、それを見てるのがすごく楽しかった。名前を知らない頃は、ただかわいいなって思って見てたけど、一緒に暮らすうちにどんどん好きになって、きみのことを幸せにするのが僕ならいいのにって思った」

信じられない幸せに感情も思考もついていかなくて、葉はおどおどと返す。

「でも……戸田先生の奥さんに『兄弟みたい』って言われたとき、瑠可さんはきっぱり否定してたから、俺なんかと仲がいいって思われるのは嫌なんだと思ってました」

「それはだって、葉くんに兄弟だなんて思われたら、手を出しづらいだろ」

思いもよらない理由に、あっけにとられる。

「もしかして、それも葉くんを傷つけてた？」

答えあぐねて黙り込む葉を見て、瑠可はこめかみを押さえた。

「こんなことならさっさと言えばよかった。葉くんのことが好きで、どうやって気持ちを伝えようかって、そればっかり考えていたって」

本当に信じられない。こんなことがあっていいのだろうか。

「よかれと思ったことが全部裏目に出て、葉くんに悲しい思いをさせてたなんて、僕はなんて間抜けでひどいやつなんだろうね」

「そんな。瑠可さんはやさしくて、あたたかくて、ここで暮らした三ヵ月は、僕の人生でいちばん幸せな時間でした」

「だから過去形にしないでって。これからもずっとここにいてよ」

「瑠可さん……」

「大事にするよ。一生おいしいものを食べさせるし、いつも葉くんが笑顔でいられるように最大限の努力をする。だから、僕のものになってください」

瑠可に真摯《しんし》な声で懇願《こんがん》されて、一度は止まった涙が、また溢れてくる。

「葉くん？　ごめん、また何か傷つけるようなことを言った？」

焦ったように顔を覗き込んでくる瑠可に、葉は首を振って、ごしごしと目元をこすった。

「違います。夢みたいで……、俺なんかに、そんなふうに言ってくれて……」

自分が両親に祝福されて生まれてきたことは、ちゃんと理解している。でも、いろいろなことがあって一人で生活する間に、自分がこの世から消えても誰一人困らないと思うようになっていた。実際、そのとおりだったと思う。

こんなふうに自分のことを欲してくれる人がいるなんて。しかもそれが初めて好きになった相手だなんて。

瑠可に再び抱き寄せられて、葉の胸はきゅうきゅうとよじれた。

「……瑠可さん、いい匂い」

「いやいや、一日働いたあとだから、汗くさいだろ」

葉はいまだ信じられない幸福感にくらくらしながら、瑠可の肩口に鼻先をうずめた。

「すごくいい匂いです。ここに初めてきた日に、瑠可さんに抱き留められたときも、いい匂いだなって思いました」

「どんな匂い？」

「すごくおいしそう」

瑠可が小さく笑うのが、触れ合った身体から伝わってくる。

「朝から晩まで料理をしてるから、自分では気づかないけど、食材の匂いがしみこんでるのかな。葉くんもすごくいい匂いだよ」

瑠可は葉の髪に顔を埋めて、さらにギュッと抱きしめてくる。現実のこととは思えない幸福感がざわざわと全身を満たし、背骨がぐにゃりととけてしまうんじゃないかと思った。

「でも、冷え切ってる。お風呂をためてくるから、ちょっと待っててね」

瑠可が抱きしめた腕の力を弱める。葉も普通に離れようと思ったのに、なぜか身体の力が抜けない。

信じられない幸せと緊張と戸惑いで、身体がガチガチに固まっていた。離れたら魔法がとけてしまいそうで、怖くて力を抜くことができない。

「葉くん?」

怪訝そうに訊ねてくる瑠可に、なにか言わなくては、せめて離れなくてはと思うのに、声が出なくて、葉はただぎゅうぎゅうと瑠可にしがみついた。

瑠可は咎《とが》めも問いただしもせず、もう一度葉を抱きしめてくれた。

「じゃあ、違う方法であたためようか?」

そう言うと、瑠可は葉をひょいと横抱きにした。

「わっ……」

葉はびっくりして瑠可の首にしがみついた。

そのまま、瑠可の寝室に運ばれる。

葉が使わせてもらっている部屋と襖を隔《へだ》てて繋《つな》がっているその部屋は、和室だけれどベッドが置かれていて、瑠可はそこにそっと葉をおろした。

所在無くベッドのふちに腰掛けていると、瑠可は葉のマフラーを解き、コートを脱がせてくれた。自分も上着を脱いで、葉の隣に並んで座る。

瑠可の重みで、葉の身体は瑠可の方に傾《かし》ぐ。密着した肩を抱き寄せて、瑠可は横からすくいとるように唇を重ねてきた。

「ん………っ」

これ以上ないくらい動悸《どうき》が激しくなって、心臓に負担をかけすぎたせいで寿命が縮《ちぢ》まるんじゃないかと思った。それでも構わない、とも。

さっきのやさしく触れるキスとは違って、二度目のキスは情熱的だった。唇を塞《ふさ》がれたまま押し倒され、ベッドに縫い留められた状態で、瑠可の舌が歯列を割って侵入してくる。

「……っ」

今までキスなんてしたことがないから、どうやって応《こた》えればいいのかわからない。

逃げ惑う舌を絡めとられ、前歯の裏側の敏感な付け根を刺激されると、身体の芯にあやしい火が灯《とも》り、葉は瑠可にしがみついてビクビクと身をのけぞらせた。

唇を解放されたときには、全力疾走《しっそう》したみたいに息があがってしまっていた。

泣きすぎの瞼《まぶた》だけではなく、瑠可に吸われた唇もぷっくり腫れ上がっているような気がする。

「嬉しくてついがっついた。怖がらせちゃったかな」

葉は瑠可の腕の中で目を泳がせながらか細い声で答えた。

「……怖いです」

「ごめん、そうだよね、いきなりこんなふうに襲いかかられたら、怖いよね」

「そうじゃなくて……」

身体に灯った熱を、どうやって逃したらいいのかわからなくて、葉は瑠可のシャツにしがみついて息を弾ませながら呟く。

「中学生のとき、担任の先生が、持って生まれた運の量はみんな一緒だって教えてくれて……だから、こんなものすごい幸せをもらっちゃったら、この先の人生、きっと不幸しかないって気がして、めちゃくちゃ怖いです」

瑠可は薄茶の目を大きく見開いたあと、とろけるような甘い笑みを浮かべて、葉の額にキスを落とした。

「かわいいね、葉くんは」

「……かわいくなんか、あっ……ん……」

唇はこめかみに、耳に、顎《あご》にと滑り落ちて、葉の身体にさらなる官能の火を灯していく。

「大丈夫。葉くんは今からこのベッドの上で僕に散々悲運な目に遭《あ》わされるから、運が目減りしたりなんかしないよ」

葉が自分の行為を怖がっているわけではないと理解した瑠可は、さらに大胆に葉に触れてきた。いたるところにキスの雨を降らせながら、もどかしげに葉の服をゆるめていく。

美丈夫の瑠可の前に自分の貧弱な身体を晒すのは恥ずかしかったけれど、それよりも瑠可の唇や指が与えてくれる幸福感の方が大きかった。

「ここに来たときより随分《ずいぶん》しっかりしたけど」

葉の肋骨《ろっこつ》を唇でたどりながら瑠可が呟く。

「まだ痩《や》せぎすだね。もっともっといっぱい食べさせなきゃ」

「んっ……あっ、や………ぁ!」

瑠可の唇がわき腹から肋骨を辿《たど》り、胸のささやかな尖りにキスされると、身体に電気を流されたみたいにビリビリした感覚が突き抜けた。

「といっても、今夜は僕がきみを食べる番だけどね」

「やっ、や、ダメ……」

胸の尖りに舌を這《は》わされると、葉の意思に反して身体がビクビクと動いて、じっとしていられないような疼《うず》きが身体の中心からわきあがってくる。

「瑠可さん、待って……俺、なんかおかしい……っ」

「ぜんぜんおかしくないよ。僕に触られて、葉くんが敏感に感じてくれてるの、すごく嬉しいよ」

「……ホントに?」

「もちろん。……ここに触るのは、二度目だね」

瑠可の手が、葉のデニムの前を開き、形を変え始めている葉の興奮に、下着の上から触れてくる。

「あ……」

「一度目のときは、葉くんの手助けをするっていう名目だったから必死で紳士のふりをしてたけど、実を言うと内心ちょっとまずいくらい興奮してた」

「あっ、あ……ゃ……」

「悪い大人でごめんね」

瑠可の器用な指先に興奮の形を教えるようになぞられて、葉はビクビクと腰を震わせながら、潤《うる》んだ目で瑠可を見上げた。

「俺も……あのときのことがずっと頭から離れなくて……」

「本当?」

瑠可がとても嬉しそうな目で見おろしてくるので、葉は恥ずかしさをこらえて小さな声で打ち明けた。

「あれから、自分でするときは、いつも瑠可さんの手を思い出してました」

「うわぁ……。ヤバい、頭の血管が切れそう……」

ぼそっと呟いたと思うと、瑠可の手が下着をかいくぐって直《じか》に葉に触れてきた。

「やっ、ダメ、待って……っ」

直接触れられたとたん、背筋を電流が駆け抜ける。身を捩《よじ》って腰を引こうとしたが、それすらも刺激になって、葉は一瞬で弾けてしまった。

「や、や……あ、ダメ………っ」

腰が勝手に跳ねて、白濁が瑠可の手を汚していくのがわかる。

「……ごめんなさい、あの、俺……」

「どうしてごめんなさいなの？　めちゃくちゃかわいくて、めちゃくちゃ興奮する」

「ゃあ……や、や……ん……」

放ったものでぬるぬると敏感な場所をこすられて、葉は甘ったるい泣き声をあげる。

「もっと全部、僕がもらってもいい？」

「……もっと？」

「うん、葉くんの全部」

今のだけでも葉にとっては生まれ変わるくらいすごい経験だったけれど、瑠可が求めてくれるのが嬉しくて、緊張や羞恥《しゅうち》や不安に溺《おぼ》れそうになりながらも一生懸命背伸びをする。

「俺も、瑠可さんの全部、欲しいです」

「本当に？　嬉しいな」

瑠可は葉の唇に甘いくちづけを落とし、身を起こすと、無造作に自らのシャツを脱ぎ捨てた。

もうこれ以上早くはならないと思っていた脈が、さらに駆け足になって、葉は酸素を求めて喘《あえ》いだ。

再び瑠可に覆いかぶさられ、肌が直に触れ合うと緊張はマックスに達する。あたたかい胸にぎゅっと抱き寄せられて、幸福とドキドキで本当に死んでしまうかと思った。

「無粋《ぶすい》なことを訊いてごめんね」

前置きして、瑠可が耳元に囁いてくる。

「葉くん、セックスしたことある？」

直截《ちょくせつ》な表現に動揺して赤面しながら、葉は小さくかぶりを振った。

「ないです」

「女の子とも？」

「はい。……誰かを好きになったのは、瑠可さんが初めてです」

「うわぁ……。神様ありがとうございます」

ため息のように呟いて、瑠可はさらにきつく葉を抱きしめてきた。

「僕を選んでくれたこと、後悔させないよ。葉くんのこと、一生大切にするから」

身に余る言葉が幸せすぎて、またじわっと涙がこみあげてくる。

瑠可は葉の目元にキスのシャワーを降らせて、涙を全部吸い取ってしまう。

「僕が何をしても、嫌いにならないでね？」

そう言うと、瑠可は目元から徐々に下の方へと唇を滑らせていく。鼻の頭をぺろりと舐め、すっかり腫れ上がった気がする唇をまたひとしきりむさぼって葉を喘がせたあと、顎を辿り首筋へ、それから胸元へ。

「あ、あっ……やぁ……」

胸元の突起を舌先でえぐるようにされると、もどかしい快感が背筋を走り抜け、葉は甘い声をあげながら瑠可の下で身をくねらせた。

女の子でもないのに、自分の身体がそんな場所で感じることに戸惑い翻弄《ほんろう》されているうちに、いつの間にか胸への刺激は舌ではなくて指に変わっていた。瑠可の唇はへそを辿って、もっと下へとおりていく。

「やっ、瑠可さんっ！」

不安を感じて首を起こしたとき、瑠可の舌は再び芯を持ち始めていた葉の興奮に触れていた。

葉はびっくりしてずり上がろうとしたが、瑠可の唇はためらいもなく、葉の興奮を包み込んでいく。

「……っ、や、そんなとこ、やだ……ぁ……！」

世間知らずで奥手な葉は、そんな愛撫の存在を知らず、その強烈な刺激と恥ずかしさに、半泣きになった。

「だめっ、だめだから……」

「大丈夫。力を抜いて。すぐに気持ちよくなるから」

「そんなところ……口で……や、やだ、から……」

「全部くれるって言ったよね?」

瑠可の厚ぼったい舌が、世慣れぬ葉のものをとろかすように這いまわる。葉は泣き声をあげながら、腰からぐずぐずに溶《と》けていきそうな錯覚《さっかく》に陥《おちい》る。

「や、ダメ、とけちゃう、とけちゃうからムリ……あ、あっ……」

「うん、とろとろにとけた顔、見せて?」

実際はどんどん硬度を増していくのに、ぐずぐずにとろける感覚にとらわれて、葉はかかとをシーツにこすりつけて身を捩った。

溢れ出したものと瑠可の唾液《だえき》がまじりあって後ろに伝わっていく感覚すら、葉を身悶《みもだ》えさせた。

葉のものに舌を這わせながら、瑠可は滴《したた》るぬめりを葉のうしろにぬりつけてきた。やがてそのぬめりの力を借りて、瑠可の指先が葉の中に侵入してくる。

「ん……っ!」

異物感に身を竦めながら、しかしなぜか、口淫《こういん》よりもそちらの方が、葉には抵抗がなかった。恥ずかしいし、怖いし、味わったことのない様々な感覚でパニックに陥りそうになりながらも、そこを何かに満たされたいという本能的な欲求が葉の頭の中で膨《ふく》らんでいく。

「あ、あ……ヘン……っ、どうしよう、俺……」

指先だけでもきつくて、とてもそれ以上広がりそうにないのに、もどかしくて、なんとかして欲しくて、泣きながら身悶える。

「もっと感じてみせて。ここ、気持ちいい?」

興奮で硬く立ち上がっている先端の丸みを舌でぬるぬると辿られると、感じすぎてまた射精しそうになってしまう。

「やっ、出ちゃう」

「いいよ、何度でもいって」

そう言いながらも、瑠可は舌での刺激に強弱をつけて葉を翻弄する。いけそうでいけないもどかしさはありえないような快感で葉を苛《さいな》み、気付けば後ろに瑠可の二本目の指を受け入れていた。

「んっ、あ、あ……なんかヘン、おかしくなっちゃう……あ、っ……」

濡れた音をたててリズミカルに後ろを出入りする指と、今にも弾けそうな性器に緩急《かんきゅう》つけて与えられる淫靡《いんび》な快感がひとつに繋がって、葉はぐずぐずにとろけていく。

もう一往復されたら達してしまうというギリギリのところで、瑠可は動きをとめ、うしろから指を抜いた。

「っ……」

「ごめんね、つらいかもしれないけど、もう限界」

見おろしてくる瑠可の薄茶色の目が、官能を宿して甘く揺らぐ。

瑠可は葉の膝裏を摑んで身体を開くと、濡れて潤んだ場所に硬く勃《た》ちあがったものをあてがってきた。

「あ……」

最初は激しい圧迫感があって、絶対無理だと思ったが、ひとたびぬるりと侵入をはじめると、それはなめらかに葉の中にのめりこんできた。

割り広げられる鈍い痛みがあったが、それを大きく凌駕《りょうが》する火花が散るような快感に、葉は声にならない悲鳴をあげた。

「…………っ！」

半分ほどまで侵入を許したところで葉は達してしまい、白濁を溢れさせながら、がくがくと腰を揺らした。

「あ、あ、や、いっちゃ……」

「たまんないな」

瑠可は感に堪えないという表情で、葉の興奮に手を添えて、最後の一滴まで絞り出すように愛撫を加えてくる。

「やだっ、死んじゃう、死んじゃうから……」

経験したことのない快楽に泣き声をもらす葉の額に、瑠可が慰《なぐさ》めるようなキスを落とす。瑠可がぐっと前のめりになったせいで、より深く中を犯されて、その未知のあやしい感覚に葉はさらにすすり泣いた。

「ごめんね、まだ許してあげられなくて」

「あ、やっ、あ、んっ…………」

「軽口のつもりで言ったのに、本当に葉くんをひどい目に遭わせちゃってるね」

「っ……中、そこ、やだ……ヘンになるから……」

「葉くんがかわいすぎて、色っぽ過ぎて、歯止めがきかないよ」

「ん、んっ、ダメ、また、またいっちゃう……から……」

「いいよ。何度でもいかせてあげる」

「……しんじゃう………あ、あ……」

揺さぶられて、葉が呂律《ろれつ》の回らない舌で訴えると、瑠可の官能に潤んだ瞳に苦笑いが浮かぶ。

「初めてなのに、こんなにひどくしてごめんね。僕のこと、嫌いになっちゃった？」

激しい快楽とそれにともなう消耗《しょうもう》で朦朧《もうろう》としながら、葉はぶるぶるとかぶりを振って、力の入らない手を瑠可に伸ばす。

「好き……好きです、大好き……瑠可さんのものになれて、瑠可さんの全部をもらえて、もう、死んでもいい……！　あ、うそ……っ」

葉の中をきつきつに満たしていたものがさらにぐっと硬度と質量を増して、葉はその変化に目を見開いた。

「……っ、葉くん、むしろ僕を殺しにかかってるだろ?」

瑠可はなにかに耐えるように歯を食いしばると、それまでいかに手加減してくれていたのかがわかる猛々しさで、葉を突き上げてきた。

「あ、や、やぁ……っ!」

「愛してる」

体内に熱い迸《ほとばし》りを感じると同時に耳元にくちづけながら囁かれ、葉は身も心もぎゅうぎゅうに満たされて、重力を感じることすらない世界に解き放たれた。

といってももちろん本当に異世界に飛ばされたわけではなく、朝日と共に目覚めたときには、重力はいつもどおり葉の身の上に戻っていた。

いつもどおりというより、いつもより大きくなっている気がする。身体がひどく重くて、腕一本動かすのも大変だった。

全身の重だるさの原因を思い出しながら、葉がベッドに座って赤くなったり青くなったりしていると、襖が静かに開いた。

「あ、目が覚めた?」

瑠可の笑顔は爽やかで、重力など微塵も感じていないように見えた。

「朝食の支度ができてるけど、起きてこられる？　ここに運んでこようか？」

自分が寝こけている間に瑠可が朝ごはんを作っておいてくれたのだと思うと、申し訳ないやらきまり悪いやらで、葉は慌ててベッドからはい出した。

「すみません、手伝いもせずに寝こ……わっ」

脳内で思い描く動きと、実際の身体の動きにずれが生じて、葉はベッドから転がり落ちた。

「大丈夫⁉」

瑠可が焦ったように寄って来て、引き起こしてくれた。その手のひらの感触と、自分が身にまとっているのが瑠可のスウェットだということから、昨夜の出来事を再認識して、葉は目を泳がせた。

「ごめんね、昨夜はちょっと激しくしすぎたね」

瑠可の率直な謝罪に、葉は顔が火を噴きそうに熱くなるのを感じながらうつむいてかぶりを振った。

「そんなことないです。昨夜は、あの……」

なにをどう言えばいいのかわからなくなって葉はもごもごと口ごもり、最後は蚊の鳴くような声で呟く。

「あの、すごく嬉しかったです」

「ホント？　僕もすごく嬉しかったよ」

瑠可は葉の手を握ったまま、身を屈《かが》めてすくいとるようなキスをしてくる。角度を変えて何度も。葉はふわふわと甘いくちづけに身を委《ゆだ》ねた。

やがて瑠可は名残《なごり》惜しげに唇を離し、苦笑いを浮かべた。

「マズい。このままだとまた歯止めがきかなくなりそうだから、一旦ベッドのある部屋から離れよう」

冗談めかして促され、葉はおぼつかない足取りでリビングに向かった。

テーブルの上には、ほろほろと柔らかく煮込まれた、鶏肉と野菜たっぷりのスープと、ポーチドエッグをのせたリヨン風のサラダが並んでいた。

「栄養がありつつ、消化の良さそうなメニューにしてみたんだけど、どうかな」

いったい何時に起きて作ってくれたのだろう。

「すみません……」

葉が身を縮めて詫《わ》びると、瑠可は困ったように笑う。

「葉くんは謝ってばっかりだね。僕が好きでしてることなんだから、謝られるより喜んでくれる方が嬉しいんだけど」

「すみま……じゃなくて、あの、好きなものばかりで嬉しいです」

「それはよかった」

向かい合って食べる食事は、いつもと同じようでいて、全然違って、食べ物がうまく喉を通らない。

あの手に、触れられた。あの唇に、キスされた。思い出すとくすぐったくて恥ずかしくて幸せで、今もまだ、信じられない。

眩しげに見つめる葉の視線に気づいた様子で、瑠可がスプーンを操る手を止めた。

「どうしたの？」

「いえ、あの、すごくおいしいです」

「嬉しいな。食べられたらおかわりもして。洋梨のフランも作ってあるからね」

「す……」

また「すみません」と言いそうになって、葉は慌てて口を噤《つぐ》んだ。赤くなる葉を見て、瑠可はくすくす笑う。

「もう恋人同士なんだから、もっと甘えてくれると嬉しいな」

恋人同士。

甘美な響きに陶然となりつつも、やっぱりまだ信じられない気持ちもある。

幸せに慣れていない葉には、甘え方がわからない。「俺なんか」といじけて、「すみません」を連発している方が、ずっと簡単だった。

甘えるって勇気がいることだ。

それは相手を心の底から信頼しきることだから。

自分に、甘えさせてもらう価値はあるのだろうか。

瑠可は後悔しないだろうか。

不安な気持ちは完全にはなくならない。そういう性格で、そういう育ち方をしたから。

でも、瑠可のあたたかいまなざしに見つめられるうちに、この幸せに心から感謝したいと思った。

まだ身体のあちこちに昨夜の余韻《よいん》が生々しく残っていて、その疼きをリアルに意識しながら、葉は思い切って口を開いた。

「毎日、三食、瑠可さんのご飯が食べたいです。死ぬまで、一生」

葉が勇気を振り絞って伝えた告白に、瑠可はきれいな白い歯を見せて嬉しそうに笑ってくれた。

「もちろん、そのつもりだよ」

視界が揺らいで、スプーンの中に涙が一粒転がり落ちた。葉は泣き虫な自分が恥ずかしくて、慌ててスープを口に運んでごまかした。

涙はちっともしょっぱくなくて、幸せの味がした。

いつまでも、いつまでも

1

「咲良《さくら》ちゃん、世界一美人さんだね」

腕の中でご機嫌そうに笑みを浮かべながら小さな手をパタパタさせる幼子に、葉《よう》はうっとりと頰を摺《す》り寄《よ》せた。

「葉くんにそんなふうに可愛《かわい》がられて、我が娘ながら羨《うらや》ましいぞ」

向かいの席で、ランチを頰張っていた由麻《ゆま》が、笑いながら冗談を言う。

由麻は月に一、二回、散歩がてらこうしてランチタイム後の店に、子供を連れてくる。

生後四ヵ月になる咲良は、ふくふくと元気いっぱいに育っている。陣痛《じんつう》にも付き添った葉は、まるで親戚《しんせき》の子供のように咲良の成長が愛《いと》おしくてたまらなかった。

赤ちゃんはいい匂いがして、すべすべと柔らかく、ほどよい重みも、あたたかさも、すべてが幸せの具現のようで、ずっと抱っこしていたくなる。

カシャッとシャッター音が響く。顔をあげると、カウンター越しに瑠可《るか》がこちらにスマホを向けていた。

「天使が天使を抱いてる姿って、美しいよね」

真顔で言う瑠可に、グラスを洗っていた健太郎《けんたろう》が目をむく。

「うわ、またおのろけ全開ですか」

「本当に瑠可ってば、葉くんが大好きだよね」

由麻にもからかわれて、葉は頬が熱くなるのを感じた。

ちょっと気恥ずかしい。でも、すごく嬉しい。

瑠可と恋人関係になったことは、瑠可の口から由麻と健太郎に報告済みだ。どんな反応をされるのか心配だったが、びっくりするほどすんなりと全力で祝福してくれた。二人によると、ここで働き始める以前に、よく店を覗き込んでいた葉に、瑠可が強い関心を抱《いだ》いていたのを見ていて、以前からうまくいけばいいねと話していたというのだ。

自分にこんな素敵な恋人ができて、しかもそれを周囲の人たちが心から祝福してくれるなんて、まるで夢のようだった。自分は今、世界で一番幸せだと断言できる。

カウンターからフロアに回り込んできた瑠可が、赤ん坊ごと葉を抱き寄せて、髪にちょんとキスをした。

「大好きなんてものじゃないよ。愛おしい。世界で一番愛してる」

由麻と健太郎が「ひー」とか「ぎゃー」とか口々に悲鳴をあげる。

自分は瑠可が思ってくれる百万倍愛していると思ったが、二人の前では恥ずかしくて口に出せずに、真っ赤な顔を咲良の上にうつむける。

「ほら、カレシの恋愛ボケがひどすぎて、葉くんが困ってるわよ」

由麻が笑いながら茶化す。

瑠可の携帯に、仕入れ先からの連絡が入り、瑠可は名残惜《なごりお》しげに葉を抱き寄せる手をほどいて、携帯を耳にあてながらカウンターの奥に戻っていった。

「葉ちゃん、この店に来たころと全然雰囲気変わったわね」

由麻がしみじみと言う。

「そうですか？」

確かに、と健太郎が頷く。

「すごく健康的になったし、なにより目がきらきらして、めっちゃ幸せオーラ出てる」

「……すごく幸せです」

はにかみながらも素直に答えると、二人はひゅーひゅーと大仰《おおぎょう》に冷やかす。

健太郎はカウンター越しに、葉を見つめてきた。

「葉ちゃんの幸せそうな顔を見てると、なんか俺まできゅんとする」

「ちょっと健太郎くん、大丈夫？　瑠可に抹殺《まっさつ》されるわよ」

「いや、俺の恋愛対象は女性だから、そういう意味じゃないです。なんていうか、純愛っていいなぁって。葉ちゃん、『いつまでもいつまでも幸せに暮らしました』っていうおとぎ話の主人公みたいな幸せ感にあふれてて、見てるこっちも幸せになる」

「それはわかる。私たち、出会いからゴールインまでを、そばでずっと見守っていたから、純愛ドキュメンタリーを満喫《まんきつ》した感じよね」

「そうそう！　だから葉ちゃんが幸せそうなのはすごく嬉しいし、俺もラブラブな彼女欲しいぜって思う、最近」

ぐずりだした咲良を、葉の腕から抱き取りながら、由麻は達観した表情で「ラブラブねぇ」と呟いた。

「まあ羨ましいよね、ラブラブ期」

「なんですか、そのひとごとみたいな遠い目。由麻さんだって、愛の結晶が生まれたばっかりで、ラブラブの絶頂じゃないですか」

健太郎のツッコミに、由麻は眉間《みけん》にしわを寄せる。

「ラブラブとか、なにそれおいしいの？って感じよ。私なんてここでのんびりさせてもらうのが、いまや唯一《ゆいいつ》の息抜きで気持ちが上がる時間って感じだもん」

「マジですか」

「彼も子煩悩《こぼんのう》ないい父親ではあるけど、おむつ替えは無理とか、夜泣きにも全然起きないとか、育児家事はどこかひとごとっていうか、お手伝い感覚なのよね。そういうとき、つきあいはじめた頃の気持ちがすごく遠く感じるわ」

「そういえばうちの母親も、父方の祖母の介護《かいご》のことで、父とよく喧嘩《けんか》してるなぁ。結婚すると、二人だけの関係じゃなくなって、色々あるんですね」

「結婚までいかなくても、つきあいが長くなると、情熱ってどうしても薄らいで、相手のあらが見えてくるものじゃない？　デート中に彼氏がずーっとスマホでゲームやってるって愚痴《ぐち》ってる友達多いし、最近同棲《どうせい》を始めた子は、生活費と家事の配分でギスギスし始めて、ちょっと文句を言ったら、浮気されたって怒ってたわ」

「うわぁ、それはひどいっすね。でも、スマホは俺もやらかしそうだから気をつけよう」

「そうよ。女の気持ちは一度冷めたらもう戻らないんだから」

電話を終えて戻ってきた瑠可が、由麻と健太郎の会話に苦笑いを浮かべる。

「なんだか怖そうな話をしてるね」

由麻は瑠可にからかうような視線を向ける。

「瑠可も、葉くんに愛想をつかされないように、ちゃんと努力してね。芸能人の離婚を見てたらわかるけど、どんだけルックスが神でも、人の心はそれだけじゃ繋《つな》ぎとめておけないんだから」

「葉くんに見捨てられたら生きていけないから、鋭意努力します」

茶目っ気たっぷりに敬礼する瑠可に、葉は慌てて「とんでもないです！」とかぶりを振った。

「瑠可さんはすべてが完璧《かんぺき》で、努力なんてなにも必要ないです！」

葉のあまりの真剣さに、一瞬みんな黙り込み、それから由麻が噴き出した。

「なにこのおノロケ劇場」

「ほら、やっぱりこの二人のラブラブ劇場は、おとぎ話と同じで、いつまでもいつまでも続きそうでしょう?」

健太郎が自分の手柄《てがら》かなにかのように誇《ほこ》らしげに言う。

恥ずかしくなって俯《うつむ》くと、瑠可が「ありがとう」と頭を撫《な》でてくれた。

葉は、幸せすぎて、本当に自分はおとぎ話の主人公のようだと思う。

実際、瑠可は葉にとって身に余るほど完璧な恋人だった。いつまでも見つめていたくなる完璧な造作。どこまでもやさしく愛情深い完璧な人柄。そんな人が自分を愛してくれることが、信じられなくて、葉は毎朝新鮮な感動とときめきで目を覚ます。

恋人になっても、普段は葉と瑠可は別の部屋で寝起きしている。それは葉が気兼ねなく休めるようにという、瑠可の配慮《はいりょ》だった。

朝が早い瑠可は、葉にはゆっくり寝ていていいといつも言うが、葉は瑠可と競うように早朝から起き出して、フルスロットルで働く。プライベートでも食事の支度《したく》をするのは瑠可の楽しみのようなので、それは任せて、葉は店と自宅のすべての掃除や洗濯を担当している。

店の前を通るたびに、チリひとつ落ちていないことに感動していた外回りや鉢植《はちう》えの手入れも、今は葉が担当させてもらっている。

薄桃色の桜の花びらが、どこからともなく舞い飛んでくる春の朝、鉢植えのビオラの花がらをつみ、ただでさえきれいな店の前をさらに丁寧に掃《は》き清《きよ》めて、ガラスをピカピカに磨《みが》き上《あ》げるのは、心躍《おど》る楽しい作業だった。

瑠可の作ったおいしい朝食を食べたあとは、一緒に開店の準備をして、一日めいっぱい店で働く。

瑠可の幼馴染みでほぼ身内といってもいい立ち位置の由麻は、冗談半分瑠可を下げて「葉くんに愛想つかされないように」とか「努力して」などとからかうが、本当に努力が必要なのは自分の方だと、葉はもちろんわかっている。

自分が瑠可に不満を抱《いだ》いたり、気持ちが離れたりすることは絶対ないと断言できる。この関係に終わりが来るとしたら、それは瑠可の気持ちに変化が生じたときだ。

人の気持ちをコントロールすることなど不可能だけれど、大好きな人と少しでも長く一緒にいるために、可能な限りの努力はしたい。瑠可のためならどんな努力だって我慢だってできるし、それは葉にとって、苦労でもなんでもなく、とても楽しいことだった。

仕事を終えて一緒に夕食を食べたあとは、葉は後片付けをしながら、食材の下ごしらえの練習をしたり、ハトロン紙で焼き型の敷き紙や絞《しぼ》り袋を作りおきしたり、とにかく起きている間中、ちょろちょろと動き回った。

そんなに色々しなくていいよ、と瑠可はいつも苦笑いするが、葉はどれだけ働いても、働き足りない気持ちだった。

なんの取《と》り柄《え》もない自分を死の淵《ふち》から救い、愛してくれた瑠可の恩に報《むく》いるために、一日でも早く、少しでも役に立つ人間になりたかった。

幸せの絶頂にいる葉だが、ひとつだけ気がかりなことがあった。

最近、ランチタイムに、瑠可の元カレが頻繁《ひんぱん》に店を訪れる。空《あ》いていればいつも同じ席に座り、カウンター越しにしばし瑠可と談笑を交わす。

何度かの来店の間に、漏れ聞こえてくる会話から、男の名前が大和《やまと》で、この近くの食品を扱《あつか》う商社に勤めていることを知った。大和は最近恋人と別れたらしく、冗談か本気か、度々《たびたび》瑠可に復縁を望むようなことをほのめかす。そのたび瑠可は冗談で返しているが、葉は内心気が気ではなかった。

一部の常連客は瑠可の性指向を知っているようだが、葉との関係を知っているのは由麻と健太郎のみだ。多分、葉に気を遣ってくれているのだろうし、あえて公《おおやけ》にするようなことではないと葉も思っている。

だが、そのせいで瑠可がフリーだと思って距離を詰めてくる大和の存在は、葉の心をそわそわさせた。

内心を押し隠し、葉はなにも気にしていないふりを装った。自分ごときがやきもちを焼くなんて、厚かましすぎる。

瑠可は葉を大切にしてくれている。それだけを信じていればいい。

もしも、瑠可の気持ちが大和に移ってしまったとしても、葉にはどうすることもできない。そうならないために、少しでもお荷物にならぬよう、役に立てるよう、努力をする。それが唯一、葉にできることだった。


普段一人寝をしている葉は、週に一度、店休日の前の晩だけ、瑠可の寝室に足を踏み入れる。風呂を出てリビングに行くと、瑠可が誘いをかけてきて、そのまま瑠可の部屋に連れていかれるのがいつもの流れだった。

週に一度の愛の時間は、葉の心臓を壊れそうなくらいドキドキさせる。

瑠可の匂いのするベッドに釘付《くぎづ》けにされて、キスの嵐を浴びると、葉はいつもそれだけで感極まって、頂点を極めそうになってしまう。

「葉くん、疲れてない？」

情事の始めに、瑠可は必ず気遣わしげに訊《き》いてくれる。栄養満点の食事と瑠可のやさしさで、すっかり健康を取り戻した葉にとって、すでにそんな気遣いは無用なのに。

でもベッドであまり自分の元気さをアピールすると、ガツガツと意地汚く待ちわびていたようで恥ずかしくて、毎回小さく頷いてみせるのが精いっぱいだった。

瑠可はいつも、葉の身体を隅から隅まで愛してくれる。

「やっ……そんなとこ……」

奥をゆっくりほぐされながら、折りたたんだ足の指先を舐《な》められて、葉は恥ずかしさと未知の快感に半泣きになる。

「葉くんはどこもかしこも敏感できれいでかわいいね」

「あぁ……ん……」

「足の指にまで欲情するなんて、僕の葉くんフェチも度を超してるのかな」

冗談口調で言いながら、瑠可は指の隙間に熱い舌を差し込んでくる。

度を超しているのは自分の方だと葉は思う。指先で奥を穿《うが》たれながら足の指を舐められて、まったく手を触れられていない性器から白濁《はくだく》が散る。

「あ、あ……っ」

瑠可に愛されると、頭の先から爪《つめ》の先まですべての感覚が研《と》ぎ澄《す》まされて、どこを触られても痛いくらい敏感に感じてしまう。

あまい泣き声をもらす葉のうえで、瑠可がゆらりと身体を起こす。瑠可の中心で形を変えているものを見ると、また新たな興奮で身体中が熱くなる。大好きな人が、自分に欲情してくれているという事実が、葉の幼い官能を煽《あお》る。

愛おしい人のものに触れたいという強い欲求にかられる。どんな手触りなのか、どれほど熱いのか、触れて確かめたい。自分の手で気持ち良くしてあげたい。いつも瑠可がしてくれるみたいに、葉も舌で唇で、あの逞《たくま》しいものを含んでみたい。

でも、言っていいのかどうかわからない。瑠可はそんなことをされたくないかもしれない。はしたないと思われるかもしれない。それに、自分から触りたいと言っておきながら、へたくそでちゃんと瑠可を気持ちよくできなかったら、失望されるかもしれない。

好きすぎて気持ちが空回りしてしまい、結局葉は、何もできずに瑠可の下で不器用にあえぐしかない。

瑠可を中に受け入れると、幸せすぎて、気持ち良すぎて、何も考えられなくなる。

「あ、あ、瑠可さん……ダメ、また、イっちゃう……」

身体を繋ぐと葉はいつも心身ともに感じすぎて、いきっぱなしになってしまう。

そして、過ぎた快感のせいで、終わったあとは放心状態で、しばらく朦朧《もうろう》としてしまう。

瑠可は甲斐甲斐《かいがい》しく葉の身じまいを整え、甘い言葉としぐさでしばらく葉をいたわったあと、隣の部屋まで、いつも葉を抱いていってくれる。

「ゆっくりおやすみ」

額にキスを落として、葉が瞼《まぶた》を落とすのを見届けると、瑠可は自分の寝室に戻っていく。

とろける情事のあと、ひんやりとした自分の布団で眠るのが、葉は淋《さみ》しかった。

思いが通じ合った直後の年末年始の休みは、四六時中瑠可のベッドで過ごしたけれど、年が

明けてからはずっと、このサイクルで過ごしている。

瑠可は、基本的には一人で眠りたいタイプに違いない。葉も、ずっと一人で生活をしてきたから、一人で寝る方が慣れているつもりだった。

でも、身体を重ねたあとは、余韻《よいん》に浸《ひた》って瑠可のベッドで朝まで過ごしたいと思ってしまう。

そんなわがままはもちろん口には出せない。子供っぽいと思われるのも、重いと思われるのも、葉の本意ではなかった。

瑠可に出会うまで、自分がこんなに強欲だなんて知らなかった。

初めて恋した相手と奇跡的に両思いになれて、一緒に暮らせて、ありえないほど幸せなのに、欲しい気持ちは底なしで、一晩中一緒にいたいなんてわがままなことを考えている。

仕事と情事の心地よい疲労感にふわふわしつつ、葉は自分の中にまだ熱がわだかまっているのを感じて、自分に呆《あき》れながら眠りについた。

2

那覇《なは》空港の到着ロビーに着いてもまだ、葉《よう》は自分の置かれた状況が信じられなかった。

「葉くん、大丈夫？　気分悪い？」

心配そうに顔を覗き込んでくる瑠可《るか》に、葉は慌ててかぶりを振ってみせた。

「大丈夫です！　酔い止めが効きすぎて、頭がぼうっとしてるだけで」

葉は南国の光に満ちた空港内を見回した。午前の早い便で羽田《はねだ》を発《た》って、那覇空港に到着したのはまだ昼前だった。

「さっきまで東京にいたのに、なんだかうそみたいです」

「そうだね。案外近いよね」

瑠可は笑って葉を外へと促《うなが》した。

沖縄《おきなわ》旅行に誘われたのは、つい三日ほど前のことだ。

以前、観覧車の中で沖縄に行ってみたいと話したことを覚えていたらしく、店の前の通りで二日ほどガス管の工事が行われるという日程に店休日をくっつけて、二泊三日の沖縄旅行をサプライズで計画してくれていたのだ。

最初に聞いたときは驚きすぎて、嬉しいよりなにより当惑してしまった。工事中も、出入りの不便はありつつも店舗《てんぽ》営業は可能だし、自分のためにわざわざ二日も店を休んで、お金を使わせるなんて、畏《おそ》れ多い気持ちでいっぱいだった。

しかし瑠可に『僕だってたまにはリゾートでのんびりしたいんだけど』と苦笑されると、自分のためなどと思い込んだうぬぼれ具合が恥ずかしくなった。

瑠可の休暇《きゅうか》に同行させてもらえるのは、またとない喜びだった。

高所恐怖症の葉は、飛行機でパニックに陥《おち》らないか心配だったけれど、いざ離陸してみると、高すぎるせいで却《かえ》って怖さを超越してしまった。ブランケットの下でずっと瑠可が手を握っていてくれたし、念のために飲んでおいた酔い止めのせいで意識がふわふわして、三時間弱のフライトはあっという間だった。

空港からバスでレンタカー会社の営業所に移動し、そこで車を借りて、初日の宿泊先である恩納村《おんなそん》を目指す。

街路樹には見たこともない大きな実がなっていた。樹木の形状も、空気の匂いも、空の色も、街並みも、茂みの前の『ハブに注意！』という看板も、なにもかもが新鮮で、葉は五感を総動員して景色に夢中になった。

途中のパーキングエリアでソーキそばと塩ちんすこうのアイスを食べて、昼過ぎには今日宿泊予定のリゾートホテルに到着した。

修学旅行すら行ったことがない葉は、旅行自体生まれて初めてだった。

その初めてが、こんな夢のような場所だなんて。

広々としたロビーには、南国の花が咲き乱れ、鮮やかな色のオウムが止まり木で客を出迎える。

海に面したガラス張りのドアからは、まるで映像のように美しいビーチが広がっている。

ソファで荷物の番をしながら、葉はきょろきょろとあたりを見回した。ロビーに面したスーベニールショップには、色鮮やかな琉球《りゅうきゅう》ガラスや、かりゆしウェアなどが並んでいる。ビーチに面した入り口のそばには、フロントとはまた別のカウンターがあって、水着姿の親子連れが何かの書類を記入している。

チェックインを済ませて戻ってきた瑠可が、葉の視線の先を追って微笑《ほほえ》んだ。

「ここはマリンリゾートが充実していて、イルカと遊べるプログラムとか、シュノーケリングツアーもあるんだ。ちょっと慌ただしいけど、葉くんが興味あるようなら、申し込んでみようか?」

葉は首を横に振った。

「いえ。もうこの景色だけでもキャパを超えてて、これ以上色んなことをしたら、頭も心もパンクしちゃいそうです」

自分のためにこのうえオプション料金を払わせるなんてとんでもないと思ったし、キャパ超えなのも本当のことだった。初めての飛行機。空港からホテルまでのドライブ。それだけでも葉の二十年の人生で突出して刺激的な体験だった。これ以上、イルカだとかシュノーケリングだとか現実離れした体験をしたら、知恵熱が出そうだ。

「まあそうだね。今回はここと那覇に一泊ずつのバタバタした旅程だから、あまり詰め込むと疲れちゃうよね。イルカはまた次回にしよう」

今まさに受け止めきれないほどの興奮と幸せの中にいるのに、さらに次回があると予告されて、葉は幸せすぎて気が遠くなる。

高層階の客室の窓から見下ろすプライベートビーチは、精巧《せいこう》にできた模型のようだった。エメラルドグリーンの海。ビーチと橋でつながった人工岩礁《がんしょう》の上に建つ、赤い円錐《えんすい》屋根のレストラン。真っ白な砂浜には白とブルーのパラソルが、ミニチュア模型のように整然と並んでいる。

「すごい！　絵葉書みたい！」

ブーゲンビリアのつるが絡んだベランダから身を乗り出してうっとり眺めていると、瑠可が声をかけてきた。

「少し部屋で休憩《きゅうけい》する？　それともすぐにビーチに行きたい？」

振り向くと、ベッドに浅く腰をおろした瑠可が、にこにこと葉を眺めている。

リゾート仕様のゆったりとした客室には、セミダブルベッドが二つ。

旅の間、朝までずっと瑠可と同じ部屋で眠れるのだと思ったら、なんだか急にそわそわして気恥ずかしくなってきた。

そんな自分を押し隠すように、葉は努めて無邪気な声を出した。

「せっかくなので、ビーチに行きたいです！」

「珍しくアクティブだね。葉くんが楽しそうだと、僕も嬉しいよ」

内心の照れくささを、瑠可が違う方向に解釈《かいしゃく》してくれたことにほっとする。

水着に着替え、ラッシュガードを羽織って砂浜に出ると、客室から見下ろしたよりもずっと広いビーチに、心が躍る。

まだ四月だけれど、東京とは違って、すでに海開きを終えたビーチは空も海もすっかり夏の色だ。

売店で瑠可が浮き輪を借りてくれた。浮き輪なんて保育園のプール以来だ。

数メートル進むともう足がつかなくなる海を、浮き輪でぷかぷかと浮かびながら漂《ただよ》う。緩《ゆる》やかな波が日に透け、小魚の群れが泳ぐのが見えて、葉は歓声をあげた。

「瑠可さん！　魚！」

「本当だ。すごいね」

そう答える瑠可の髪も太陽に透けて、キラキラと輝いて見える。

王子様のような恋人と、魚の泳ぐ真っ青な海で休暇を楽しむなんて、本当におとぎの国に迷い込んだようだった。

楽しくて、幸せで、葉はいつになくはしゃぎまわり、途中、瑠可に促《うなが》されてラウンジであたたかい飲み物で休憩を挟《はさ》みながら、ビーチや屋外プールで日が暮れるまで水辺での遊びを楽しんだ。

夕食は、テラスレストランでのビュッフェスタイルだった。新鮮な海の幸のグリルやステーキ、珍しい沖縄の料理の数々にトロピカルフルーツ。品数豊富でどれもおいしかったが、盛りだくさんの一日に興奮しすぎて、葉はあまり食べられなかった。それでも、波の音を間近に聞きながら心地よい海風に吹かれる贅沢《ぜいたく》なディナータイムを心の底から楽しんだ。

夕食後は最上階の大浴場に行った。

何人かの先客に混じって、大きな湯船につかると、瑠可が「いたた」と首を押さえた。

「ラッシュガードから出てたところ、日焼けしたかも」

確かに、首筋が赤くなっている。瑠可は元々色が白いので、炎症を起こしやすいのだろう。

「大丈夫ですか?」

「ちょっと痛いけど、ここだけだから」

軽く傾げた首筋を押さえて微笑む瑠可の横顔に、ドキッとする。ほんのり赤くなった首筋、隆起した筋肉の厚み、肌を伝う滴《しずく》。

まわりに人がいるところで、おかしな気分になりそうな自分に焦って、葉は水面に浮かぶ大きな葉《は》に意識を向けた。

「月桃湯《げっとうゆ》って初めてです。すごくいい匂いですね」

「ショウガ科の植物で、抗菌作用があるらしいよ。ちまきや蒸しパンを包むのにも使うんだって」

七十cmはありそうな大きな葉が、ゆらゆらと水面を漂う。

エキゾチックな香りと、ガラス張りの窓から見える宵《よい》の海。おとぎの国はどこまでもやさしい。

月桃湯であたたまって、部屋へと向かう。エレベーターも海側がガラス張りになっていて、夜のビーチが一望できた。

夢見心地でエレベーターからおりたら、足元がふらついて転びそうになった。すぐに瑠可の手が伸びてきて、肩を支えてくれる。

「大丈夫?」

「すみません。エレベーターがふわふわして」

エレベーターだけでなく、飛行機の浮遊感や、海やプールの揺れなど、三半規管が刺激されっぱなしの一日だった。心もずっとふわふわしている。

「盛りだくさんの一日だったから、疲れたよね」

部屋に着くと、瑠可はベッドの上掛けをめくって、「おいで」と葉《よう》を促した。

リゾート地のロマンティックな客室で、瑠可と二人きりの夜。

葉はドキドキしながら、そっとベッドに近づき、横になった。

瑠可がゆっくり覆《おお》いかぶさってくる。自宅のものとは違うシャンプーと月桃の香りが、ドキドキを更に煽る。

額にやさしく瑠可の唇が触れた。

「ゆっくり休んでね。明日もスケジュールは盛りだくさんだよ」

そう言って、瑠可は葉の上にそっと上掛けをかけると立ち上がり、ベッドサイドの明かりを絞った。

思いがけない肩透かしに、葉は内心「え?」となる。

今夜は瑠可と、甘い一夜を過ごすのだと、何の疑いもなく思い込んでいた。

数秒後には我に返り、落胆《らくたん》している自分が恥ずかしくなる。連れてきてもらっているだけの葉ですら、かなり疲れているのだから、慣れない土地で車を運転してくれた瑠可は、もっと疲れているに決まっている。明日も瑠可の運転で長距離を移動するのだ。

こんな楽しい一日を過ごせただけで、信じられないほど幸せなのに、このうえ変な期待をするなんて、自分はどれだけ増長しているんだろう。

瑠可はしばらく、ベッドサイドに腰をおろして、葉の髪を撫でていたが、やがて立ち上がって、隣のベッドに移動した。

なにもしなくていいから、一緒のベッドで眠りたかった。

そんな図々しいことを考えてしまう自分が情けない。家でだって、瑠可は一人で寝たいタイプなのだ。その方がきっと疲れも取れる。

瑠可と出会ってから、短い期間に、自分はどれだけ厚かましくなったのだろう。

いつまでもいつまでも瑠可のそばにいるためには、疎《うと》ましがられるようなことは絶対にしてはいけない。

自分に言い聞かせながら、葉は一日の疲れに引きずり込まれるように眠りについた。

3

翌朝はゆっくり朝食をとってから、リゾートホテルをあとにした。

「すごく素敵なビーチでしたね」

「葉《よう》くんが気に入ってくれてよかった。次はここに最低でも三泊くらいはして、マリンプログラムもいろいろ満喫《まんきつ》しようよ」

楽しげにそう言う瑠可《るか》の隣で、葉の心は罪悪感でチクチク痛む。こんなにやさしくてこんなに完璧な恋人に、信じられないくらい至れり尽くせりでやさしくしてもらっているのに、昨夜、一緒のベッドで眠れないことにこっそり落胆した自分が許せない。

上天気の中のドライブはとても楽しかった。どこまで走ってもひたすら海が見える贅沢《ぜいたく》な景色に酔いしれる。

休憩に寄った道の駅で、黒糖で煮たうずら豆と白玉が載った名物のかき氷を食べた。それからまた海沿いの道をひた走り、有名な水族館に連れて行ってもらった。分厚いアクリル板の水《すい》槽《そう》を大きなジンベエザメがゆったりと回遊する様子は息をのむ光景で、葉は水槽の前に一時間くらいはりついていた。

帰りに瑠可がショップで、大きなジンベエザメのぬいぐるみをプレゼントしてくれた。

なにもかもが満ち足りすぎて、涙が出そうになる。

幸せというものに、いつまでたっても慣れることができない。

おかしな話だが、不幸のどん底にいたときの方が、怖くなかった。守るものも希望もなく、ただ無感情に生きていたあの頃。

夢のような幸せを知ってしまった今は、それを失うことがとても怖い。持って生まれた運の量は一緒だというあの話を、度々《たびたび》思い出してしまう。

いつまでもいつまでも、この夢の国にいるために、もっと瑠可の役に立つ人間にならなければという焦燥《しょうそう》にとらわれる。

夕刻、那覇のシティホテルにチェックインしたあと、ショッピングと夕食のために国際通りに出かけた。

那覇は三度目だという瑠可は、ショップにも詳《くわ》しかった。

「夕食はアグー豚でがっつりか、島野菜でヘルシーか、どっちの気分？」

スマホで店舗の情報を示しながら、瑠可が訊《たず》ねてくる。

「瑠可さんはどっちがいいですか？」

「僕はどちらでも大丈夫だから、葉くんが決めて」

葉は少し考えて、「じゃあこっちで」と遠慮がちに島野菜の店を指さした。幸せで胸がいっぱいなせいか、あまりがっつりしたものは入りそうにない。

島野菜メインのレストランは、国際通りを少し外れた静かな路地にあった。古民家を改装したレトロモダンなお店で、雰囲気が少しだけLucas《ルカ》に似ていた。店内は女性客が多く、島野菜と雑穀《ざっこく》を使ったヘルシーな料理は、葉のお腹にはちょうどよかった。

夕食のあとは、通りをぶらぶら散策した。飲食店に土産物屋《みやげものや》、おしゃれなカフェ、ファストフード店。様々な店が軒《のき》を連《つら》ねる国際通りは、地元の人々と観光客で、夜も賑わっていた。

サンゴ専門のアクセサリーショップのショーウィンドウを覗いて、由麻《ゆま》への土産を選んでいたときだった。

「瑠可？」

驚いたように呼び掛ける声がして、瑠可と一緒に振り向くと、観光客が多い一角には珍しいスーツ姿の男が、目を丸くして立っていた。

瑠可の元カレ、大和《やまと》だった。

瑠可も驚いた様子で目を見開く。

「大和。こんなところで何してるの？」

「仕事だよ。出張でね。そっちはお店の子を連れて、福利厚生の旅行？」

葉が今の恋人だとは知らないであろう大和は、無邪気に訊ねてくる。

瑠可がチラリと葉の方に視線を向けてくる。紹介してもいいかと、訊ねてくる視線のように感じられた。

だが、瑠可が何か言う前に、大和は人懐っこい顔で、瑠可の肩に手をのせてきた。

「こんなところでバッタリ会うなんて、運命だな。よりを戻せっていう神様の采配《さいはい》じゃないか？」

冗談とも本気ともつかず、大和が言う。

「思いがけない偶然には驚いたけど、過ぎた時間は戻らないよ」

瑠可も冗談っぽい笑顔で返す。

それは残念と笑いながら、大和はネオン輝く通りの方へ顎《あご》をしゃくった。

「それはそれとして、この偶然を祝って一杯飲まない？　どこか一人で食えるところを探してたんだけど、見当がつかなくてさ」

葉は、瑠可の肩に乗った大和の手が気になって、早く離れて欲しかった。そして、そんな狭《きょう》量《りょう》な独占欲を抱いている自分に、罪悪感を覚えた。

さっき改めて、瑠可の役に立つ人間になろうと思ったばかりじゃないか。子供じみた嫉妬心《しっとしん》で、瑠可の人間関係に介入してはいけない。いつまでもいつまでも瑠可のそばにいられるように、気が利《き》いて邪魔にならない人間にならなければ。

それに、独《ひと》り占めしようとすれば、幸せはきっとすぐに底をつく。運の量は、決まっているのだから。

さっきのお店は葉のお腹にはちょうどよかったが、瑠可には物足りなかったと思う。あまり飲めない葉に気を遣って、アルコールもワインを一杯飲んだだけ。大和となら、遠慮なく泡盛《あわもり》を楽しんだりもできるはず。

葉は、機械的に笑みを作って、瑠可の横からすっと身を引いた。

「せっかくだから、お二人でゆっくり飲んできてください」

思いがけない提案に驚いたのか、瑠可が眉根《まゆね》を寄せて「葉くん？」と問いかけてくる。

「俺は少し疲れたので、先に部屋に帰って休んでますね。どうぞごゆっくり！」

極力無邪気に見えるように、言葉と声音に気をつけて、二人にぺこりと頭を下げると、牧志《まきし》駅《えき》まで一人で足早に引き返した。

ゆいレールで、ホテルに戻り、客室にあがる。

昨日のリゾートホテルとは対照的に、今日の宿は機能的な街中のホテルで、窓からの景色も市街地の夜景だ。

なんとなく車に置きっぱなしにするのがかわいそうで、チェックインのときに部屋まで連れてきたジンベエザメのぬいぐるみを、葉はぎゅっと抱きしめた。

自分はちゃんと正しい行動ができただろうか。瑠可は思いがけない偶然を満喫してくれているだろうか。

二人が肩を並べて談笑しているところを想像すると、息が苦しくなった。

……俺、バカなのかな。勝手に二人にして、勝手に嫉妬して。

でも、自分の嫉妬心よりも、瑠可の幸せの方がずっと大事だった。瑠可が楽しく飲んできてくれれば、自分も幸せだ。……幸せだって思えなくてはいけない。

そういえば、前にも瑠可に背を向けて、走り去ろうとしたことがあった。自分の気持ちを隠して、瑠可の元を離れようとしたとき。

でも、あのときとは違う。これは、前向きな努力のはず。

いつまでも瑠可のそばにいたいから。ずっとおとぎの国の住人でいたいから。

身勝手を排して、いつでも瑠可が一番ストレスなくいられるように、空気みたいに、大切だけれどまったく邪魔にならない存在になりたい。

前向きなはずなのに、目尻がじわっと熱くなって、そんな自分に腹が立つ。

どんどん欲張りになる自分が怖いし、嫌だ。

本当はあの人とあんな場所で会ったのがショックだった。運命だなんて言われて悲しかった。

瑠可を抱きしめて、俺のものだから触らないでと言いたかった。

幸せという名のモンスターが、葉をのっとりかけている。

瑠可を好きな気持ちが膨れ上がって、葉を醜《みにく》い生き物に変えていく。

だめなのに。幸せの分量は決まっているのに。

不意に部屋の施錠《せじょう》が解かれる音がした。葉はびっくりしてベッドから飛び起きた。

まさか強盗？　それともホテルのルームスタッフ？

葉の想像に反して、部屋に入ってきたのは瑠可だった。葉が戻ってきてからまだ二十分もたっていない。

「……瑠可さん？　どうかしたんですか？」

「どうかって……」

どこか憤《いきどお》ろしげな表情でなにか言おうとした瑠可は、葉の顔を見て、美しい眉間にしわを寄せた。

「葉くん、泣いてたの？」

「あ……」

葉は慌てて目元をごしごしこすった。

瑠可は憤懣《ふんまん》やるかたないという様子でため息をつく。

「泣くくらいなら、どうして一人で先に帰ったりするんだよ」

「……泣いてません」

「泣いてたでしょう。僕の目はごまかせないよ」

いつになく威圧的《いあってき》に言われて、葉は視線を泳がせた。

「……あの……大和さんは？」

「一人でも入りやすい地元料理の店を教えてきた」

「瑠可さんも一緒に飲んでくればよかったのに」

葉が言うと、瑠可は意味がわからないという顔をした。

「ねえ、葉くん。僕たち喧嘩でもしてたっけ？　それとも、なにか葉くんの気に障るようなことをしたかな」

「いいえ、まさか」

「だったらどうして、そんなひねくれたことを言い出すんだよ」

「ひねくれた……？」

「そうだよ。おかしいだろ？」

良かれと思ってしたことなのに、逆に瑠可を怒らせてしまったと悟り、葉は焦る。

「ごめんなさい。俺、気をきかせたつもりで……」

「気をきかせた？　本気で言ってるの？　冗談とはいえ、よりを戻そうなんて言ってくる相手と僕を二人きりにして、もしも本当に何かあったらどうするんだよ」

試されている気がして、葉は必死に正解を探す。

「あの……瑠可さんの人間関係に、俺が口出しする権利はないので……」

「それって、たいして僕を好きじゃないってこと？」

ため息交じりの言葉と表情を見て、自分の解答が不正解だったと知り、葉は慌てふためく。

「違います！　逆です！　瑠可さんのことが好きすぎて、つまらない嫉妬とかして疎《うと》ましがられたらどうしようって……。俺、ずっと瑠可さんのそばにいたいから、なるべく迷惑をかけないようにしたくて」

うまく立ち回れなくて、ぼろぼろと本音が零《こぼ》れ落《お》ちる。

「いまだに、そんな他人行儀《ぎょうぎ》なことを考えてたの？」

瑠可は呆れたように言った。

「つまり、僕はものわかりのいい葉くんが好きで、ちょっとでも自己主張したら、きみのことを嫌いになるとでも？　じゃあ逆に訊くけど、葉くんが僕を好きになってくれたのは、僕の料理が口に合うから？　料理を作れなくなったら、僕を捨てる？」

葉はびっくりして、ちぎれるほど首を振った。

「まさか！」

「だったら、僕の気持ちになって考えてみて欲しい。本音をぶつけたら醒《さ》めるような男だと思われているなんて、悲しいし腹が立つよ」

本気で怒っている瑠可の表情を見て、葉は、自分の我慢や気遣いがまったくの見当外れで、瑠可に対してひどく失礼なことだったと初めて気付いた。

「……ごめんなさい」

こぼれそうになる涙を必死でこらえて、葉は震える声で詫《わ》びた。

瑠可と少しでも長く一緒にいたくて、思いつく限りの努力をしてきたつもりだった。でも、瑠可が言うように、葉がしてきたことは、瑠可の愛情や誠意を無視した、独りよがりの努力だったのだ。

きっとものすごく呆れられた。嫌われたかもしれない。

葉はジンベエザメを抱きしめて、唇を震わせながら、一生懸命言葉を探した。

「ごめんなさい。俺……失礼なことばっかり……」

瑠可は困ったように眉尻を下げ、表情を緩めた。

「葉くんのせいばかりじゃないな。きみが変な気を回さなくてもいいように、もっとしっかり愛情を伝えるべきだった」

「そんな……俺、十分すぎるくらいたくさん、瑠可さんにやさしくしてもらってます」

変な反省をさせてしまった自分が情けない。不相応なくらい大切にしてもらっているのに、まるでそれを信用していないみたいに思わせてしまった。

瑠可は、ジンベエザメごと葉を抱きしめてくれた。

「疎まれるのが怖かったって、葉くん言ったよね？　そんなふうに思われてたのかって、すごく悲しかったけど」

抱きしめる瑠可の腕に、ぬいぐるみが変形するほど力がこもる。

「考えてみれば、僕も同じだ。きみに嫌われたくなくて、紳士のふりをした」

「……ふりなんかじゃないです。瑠可さんは本物の紳士です」

頭の上で、瑠可がふっと笑う。

「そんなことはない。僕は結構野蛮《やばん》だよ。たとえば、本心では葉くんのことを、毎日自分のベッドに引きずり込んで、めちゃくちゃに愛したいって思ってる」

「……え？」

「でも、やせ我慢して、抱くのは店休日前って決めて、終わったらきみを部屋に帰したりして、さもジェントルマンを装ってた」

瑠可の意外な告白に今度は葉が驚いた。

「そんな……どうして？」

「だって、葉くんは毎日休む間もないくらい働いてくれて、くたくただろ？　なのに、毎日抱きたいとか、朝まで抱きしめていたいなんて、年上のカレシが言っちゃいけないことだ。でも、葉くんが愛情不足を感じていたなら、そんな見栄や我慢は放り捨てて、もっとガツガツいけばよかった」

瑠可が苦笑いする。

本当になにもかも自分は的外れだったのだと、葉は情けなく思った。

少しでも瑠可の役に立ちたくて、自分にできる仕事ならなんでもやりたかった。でも、そのせいで瑠可から気を遣わせていたなんて。

そういえば、行為の前に「疲れてない？」とよく訊かれた。恥ずかしがらずに、まったく大丈夫だと、もっと強くアピールすればよかった。

遠慮や気遣いがすべて裏目に出ていたとは。

葉は瑠可にぎゅっとしがみついて、くぐもった声で本音を打ち明けた。

「俺も、毎晩瑠可さんと一緒に眠りたいって、ずっと思ってました。それに……あの……いろいろした日も、終わったあとに部屋に帰らされるのが淋しくて……。でも、瑠可さんが一人で寝たいのに、邪魔しちゃいけないって思って……」

「そうだったの？　お互いしなくてもいい我慢をしてたんだね」

瑠可はやさしい声で言って、葉の背中を撫でてくれた。

「ごめんね、淋しい思いをさせてたのに気付かなくて」

「違います。俺が……ちゃんと言えばよかったんです」

「どっちもどっちだね。これからは、ちゃんと思ったことを言いあうようにしよう」

瑠可は仲直りの印とでもいうように、葉のこめかみにやさしいキスをしてくれた。

ちゃんと思ったことを言う。

葉はその言葉を胸の中で嚙みしめて、瑠可を見あげた。

「瑠可さん、俺……」

「ん？」

「本当は、大和さんにめちゃくちゃ嫉妬してました。大和さんが瑠可さんに誘いをかけるのが気が気じゃなくて、さっきも、瑠可さんに触らないでって、心の中では思ってました。……ごめんなさい」

瑠可は目を丸くして、それからふわっと微笑んだ。

「どうして謝るの？　葉くんが嫉妬してくれたなんて、すごく嬉しいよ。本当のことを教えてくれてありがとう」

「瑠可さん……」

「大和とは本当に何もないし、向こうも本気で言ってるわけじゃないから、安心して」

「……はい」

「ほかにもなにか、僕に秘密にしていることはある？」

葉はしばし逡巡《しゅんじゅん》してから、ぼそぼそと言った。

「……昨日、瑠可さんと一緒のベッドで眠りたかったです」

こんなに大切にしてもらっているのに、そのうえさらに欲深い自分の本音を打ち明けるのが恥ずかしくて、申し訳なくて、耳が熱くなった。

「うわ……」

瑠可が頭上で思わずといった声をもらす。

やっぱり呆れられたのだと、慌てて「ごめんなさい！」と詫びると、瑠可は「違うよ」と慈《いつく》しむように葉の背中をさすった。

「もったいないことしたなと思って。僕も、本当は葉くんのことを抱きたくてたまらなかったけど、疲れて食欲もないみたいだったし、足元もふらふらしてたから、理性を総動員して我慢したんだ」

そう言うと、瑠可は葉を抱きしめたまま、ベッドに倒れ込んだ。シティホテルの機能的なシングルベッドが、二人分の体重にきしむ。

「昨日のハネムーン気分のベッドと違って味気ないのが残念だけど、今日は一緒に寝よう」

瑠可は葉の手からジンベエザメを取りあげると、枕の隣にそっと追いやり、葉に覆いかぶさってキスの雨を降らせてきた。

葉は幸せすぎて全身が溶け出しそうになりながら、瑠可のキスに酔いしれた。

キスの合間に、瑠可の手が葉のTシャツの内側に忍び込んできた。葉はびっくりして、瑠可のがっしりとした手首をつかんだ。

「……っの、あの、瑠可さん、俺、普通に朝まで一緒のベッドで寝かせてもらえたら、それだけで充分です」

今日はほぼ一日車の運転で、瑠可は昨日以上に疲れているに違いない。

しかし瑠可は、葉を万歳させて、有無《うむ》を言わさずTシャツを頭から抜き取り、不敵に微笑む。

「葉くんが充分でも、僕は全然足りないよ。もう変に気を回して、空回《からまわ》りするのはやめにしたんだ」

自分のシャツも脱ぎ捨てて、瑠可は再び葉に覆いかぶさってきた。

「あ……」

熱い吐息と唇が、葉の肌に官能を呼び覚ましていく。

「葉くん、ほどよい塩気でおいしい」

二の腕の裏側の、葉の感じやすい場所に舌を這《は》わせながら、瑠可が色っぽい笑みを浮かべる。

一日中浴びた潮風のせいか、汗のせいか。恥ずかしくなって、葉は瑠可の唇から逃げを打つ。

「待って、瑠可さん、先にシャワーを……」

「ダメ。そんなの待てないよ」

瑠可は葉をやさしく拘束《こうそく》してくる。

「ふぁ……」

何度も抱かれたから、葉の感じやすい場所は、全部瑠可に知り尽くされている。

甘い声で名前を呼ばれながら、情熱的な愛撫《あいぶ》を施《ほどこ》され、葉はあっという間に高まってしまう。

「今日はいつもより敏感だね」

「あ………」

感じすぎる自分が恥ずかしくて、怖くて、両手で顔を覆うと、手の甲に口づけられて、そっと手を外された。

「僕も、たまらないよ」

瑠可はやり場のない熱にあえぐように、葉の唇を塞《ふさ》ぎ、葉の身体に荒々しく手を這わせてくる。

官能と幸福で、身体がふわふわと宙を浮いているみたいになる。

大好きな人と恋人同士になれて、南の島で夢のようなバカンスを過ごして、お互いの気持ちを再確認して。

こんなおとぎ話みたいな幸せが、本当に自分のものなのだろうか。

「……ん……」

蕩《とろ》けるくちづけに身を震わせ、ぎゅっと目を閉じると、涙があふれて目尻を伝った。

それに気づいた瑠可が、身体を起こす。

「どうしたの?」

「……怖い」

「ごめん、乱暴だった? 葉くんがかわいすぎて、我を忘れた」

どこまでもやさしい恋人に、葉はふるふると首を振った。

「違います。……あんまり幸せすぎて、怖くて……」

瑠可は甘く眉根を寄せ、葉を見下ろしてくる。

「前にもしたね、この会話」

「……ごめんなさい」

「謝ることじゃない。どんな気持ちも、全部教えて欲しいって思ってるよ」

「……こんなにたくさん幸せにしてもらって、分不相応すぎて、どうしていいかわからないんです」

「どうもしなくていいんだよ。きみはただ、幸せだなって思ってくれていればいいんだ」

瑠可はそう言ってくれるけれど、そんなことが許されるのは、おとぎ話の善良な主人公だけだと思う。葉はそんな分不相応な幸福を受け取る立場ではないから、いつか罰《ばち》が当たるのではないかと怖くなってしまう。

納得していない葉を見て、瑠可は「うーん」と考える顔をする。

「葉くんは一方的に自分だけが幸せをもらっているみたいに思っているようだけど、それは違うよ。きみは僕に、とてつもない幸せを与えてくれてる」

葉は潤《うる》んだ目で瑠可を見あげた。そう言ってもらえて嬉しい。そうならいいなと思う。でも、自分に瑠可を幸せにできる力があるなんて思えなくて、やっぱり一方的に与えられているような気がしてしまう。

どこまでも自己肯定感《こうていかん》の薄い葉に、瑠可は苦笑いを浮かべた。

「じゃあ、考え方を変えよう。幸せが不安なのは、自分で選び取ってないからじゃないかな」

「……自分で？」

「そう。葉くんは今まで、きっと、自分ではどうにもできないことに翻弄《ほんろう》されて生きてきたんだと思う」

確かにその通りだ。両親を早くに亡くしたことも、高校進学を諦めて働きだしたことも、不可抗力だった。あとはただ、状況に流されて、あらがうことも出来ずに生きてきた。

「それはすごく怖いよね。いつ何が起こってどうなるのか、自分でコントロールできないんだから。葉くんにとっては、幸せもその延長線上にあるんじゃないかな。勝手に転がり込んで来たり、急に失《な》くしたり、自分ではどうにもできないものっていう」

瑠可は、葉が言葉にできない不安感を的確に言い表してくれた。

「そう、まさにそうです」

「それじゃ、今日から考え方を変えていこうよ。幸せも不幸も、葉くんが選んでいけるんだよ。欲しいものは自分から欲しいって言えばいいし、嫌なことははっきり嫌だと言っていい」

もしかしたら、それはごくあたりまえのことなのかもしれない。でも、葉にとっては思いがけないことだった。

「俺が……？」

「そう、葉くんが選ぶんだ」

瑠可は再び甘やかに、葉の身体に指を這わせてきた。

「今は、僕を選んで。僕を欲しがって」

瑠可の愛撫は、いつだって葉をとろけさせていく。

「ん……」

顎に、首筋に、胸に。愛情のこもったキスは少しずつ下へとおりていく。その愛撫の行く先を悟って、葉は「待って」と瑠可の髪に指を潜《もぐ》り込《こ》ませた。

「どうしたの？」

「あの……俺……俺がしてもいいですか？」

「え？」

「俺が、瑠可さんに触ってもいいですか？」

カンロ飴《あめ》のような瞳でじっと見つめられて、葉は羞恥《しゅうち》に顔をほてらせながら、それでも目を逸《そ》らさずにたどたどしく言った。

「触りたいって思ってたけど、そんなこと言ったら嫌われるんじゃないかって……。でも、欲しいものは欲しいって言っていいって、瑠可さんが教えてくれたから」

瑠可の顔に、くすぐったそうな笑みが浮かぶ。

「予想外の要望だけど、嬉しいよ。そんなふうに思っていてくれたことも、ちゃんと言ってくれたことも」

瑠可は葉をそっと引き起こすと、身体を入れ替えた。枕《まくら》を背もたれに寛《くつろ》いだ体勢になり、

「おいで」と葉をやさしく抱き寄せる。

瑠可の裸の胸に、葉はおそるおそる手を触れた。日本人離れした厚みのある筋肉。ウエストから腰に続く引き締まったライン。

「……っ……」

触れている葉の方が呼吸があがってきて、思わず喘《あえ》ぐような声をもらしてしまう。

ドキドキして直視できないけれど、瑠可のものが形を変えているのがわかって、嬉しくなった。

思いきって下着をずらし、そっと手で触れる。

自分のものとは全然違う硬さと大きさに、ふわっと頭に血がのぼる。ものすごくいけないことをしているような、ものすごく興奮するような、味わったことのない高揚感《こうようかん》。

葉が手を動かすと、瑠可が目をすがめて、甘い溜息を吐いた。

「うわ、どうしよう。葉くんに触られてると思うと、ヤバいくらい興奮する」

「……へたくそじゃないですか」

「こういうのは、うまい下手《へた》じゃないよ。好きな相手にされたら、たまらないよ」

言葉通り、瑠可のものは葉の手の中でさらに大きく、硬くなる。

知らず呼吸が浅くなって、身体が熱くなる。葉は熱に溶けた目で、上目遣いに瑠可を見あげた。

「あの、く……口でしてもいいですか？」

瑠可は驚いた顔をする。

「葉くんはそんなことしなくていいんだよ」

「……やだ。したいです」

葉は膝を立てた瑠可の脚の間で身をかがめ、手の中の逞しいものにそっと唇を寄せた。

瑠可がしてくれるように口に含もうとしたけれど、あまりにも大きくて、キスをするのがやっとだった。

「……無理しないで」

官能にかすれた声で、瑠可が諌《いさ》めてくる。

「……っ……無理じゃない……瑠可さん、好き……大好き……」

溢れる愛おしさと興奮に促されるまま、瑠可のものに夢中で舌を這わせる。

いつもはされるばかりだけれど、自分からする行為に、気持ちも身体もひどく昂《たか》ぶっていく。

瑠可の息遣いや硬さに煽られて、触れられてもいないのに葉の中心は痛いほど切羽《せっぱ》詰まり、潤んでくる。

拙《つたな》い舌遣いで夢中になって瑠可を昂めていると、髪に手が滑り込んで来て、行為を中断させられた。

「ありがとう。もういいよ」

「や……もっと……」

葉は興奮にもつれた舌で訴《うった》える。いつも瑠可がしてくれるみたいに、葉も瑠可に口の中でいって欲しい。

瑠可は困ったように微笑む。

「ごめん。今日はここまで」

「……俺がへたくそだから？」

「違うよ。すごくよかった。もうちょっとで葉くんの顔を汚しちゃうところだったよ」

「だったら……」

「でも」

瑠可はいきなり身を起こし、葉を押し倒してきた。

「僕も葉くんに触りたくて我慢できない」

「ひゃ……っ」

首筋に、噛みつくようなキスをされて、身体がびりびりと痺《しび》れる。瑠可の大きな手で興奮を包まれると、葉は熟したカタバミの種が弾《はじ》けるみたいに、一瞬で達してしまった。

「あっ、や、やっ……」

ビクビクと腰が揺れ、瑠可の手に白濁を放ってしまう。

「や……イっちゃ……っ」

「ホントにたまらないな。かわいい……」

「あ……」

葉のもので濡れた指で、瑠可が後ろを探ってくる。何度も瑠可を受け入れたそこは、瑠可がもたらす歓《よろこ》びを知っていて、ヒクヒクと震える。

身体はいつも以上に敏感で、瑠可にほぐされるとすぐにやわらかく緩んだ。

「……っ、あ、また、俺ばっかり……や、俺も、瑠可さんを、よくしたい、のに……」

うしろの刺激でまた高まってしまい、葉は必死で快感をかみ殺そうとした。

瑠可は、葉の身体から指を抜き取ると、葉を抱き寄せ再び身体を入れ替えた。

「ひゃっ……」

「じゃあ、葉くんの中で、僕をよくしてくれる?」

瑠可の腰に跨《また》がる体勢を取らされ、言葉の意味を理解して、葉は血の気ののぼった頬を更に上気させた。

「……っ」

「できる?」

恥ずかしさや怖さはあったけれど、それ以上に、そうしたい気持ちが強かった。

葉はがくがくと何度も頷いてみせた。

半身を起こした瑠可の肩につかまると、瑠可が自分のものと葉の腰に手を添えて、導いてくれた。

「ぁ……」

緊張して力が入ってしまうせいか、いつもとは比べ物にならないくらい圧迫感があった。

どうしよう、と腰が引けかけると、瑠可が葉の頭にやさしく手を添え、唇を寄せてきた。

「愛してる」

甘い囁きとともに、唇を食《は》まれると、身体がじわっととろける。瑠可がそっと下から腰を突き上げてくる。

「あ、あ……」

「痛い？」

「……たくない……ぁ、あっ……」

こみあげる快感に膝の力が抜けてへたり込み、奥深くまで瑠可を飲みこんでしまう。

「……ん……ふ……ぁ……」

一度達した場所が、瑠可の腹にこすれて、また痛いくらいに張りつめる。

情熱的なくちづけにそそのかされるように、腰が勝手に揺れる。

「……ぁ」

「……っ、葉くん、上手だね」

「……違……勝手に……」

技巧などではなくて、身体が瑠可を欲しがって勝手に動いてしまう。

でも、中でさらに漲《みなぎ》っていくものと、耳元で響く荒い吐息とで、瑠可も昂ぶっているのがわかった。

「……瑠可さん……」

瑠可も感じてくれているのだと思うと、たまらない気持ちが胸に溢れかえり、葉は自分の意思で腰を揺く上下させながら、雛鳥《ひなどり》が餌《えさ》を欲しがるように、瑠可の唇を吸った。

「好き、好きです……」

「うん。僕も大好きだよ」

「……ぁ、あっ……」

言葉と身体が連動して、疑う余地もなく愛されていると感じると、幸せすぎて、感じすぎて、もう何が何だかわからなくなる。

「………っ」

瑠可にしがみつき、肩口に顔を押し付けて、葉は怖いくらいの絶頂の波にさらわれていった。


「大丈夫?」

空港の出発ロビーのソファで、瑠可は心配そうな顔で、今日何度目か知れない質問をなげかけてきた。

「ぜんぜん大丈夫です」

答える自分の声が変に掠《かす》れていて、なんだか恥ずかしくなって、葉は窓の外の飛行機に視線を逸《そ》らした。

昨夜は結局、一度では終わらず、二度目は瑠可の主導で睦《むつ》み合《あ》ったあと、お風呂の中でもう一度抱かれて、遮光《しゃこう》カーテンの隙間から外の明るさがわかる時間になってからようやく眠りについた。

チェックアウトの時間ギリギリにホテルを出て、空港にやってきた。

瑠可はいつもと変わらず、いやいつも以上にキラキラと美しく、若い女性のグループがチラチラと振り返っていくほどの王子感をかもしている。

一方葉は、多分相当けだるげに見えるだろう。色々と泣いてしまって瞼《まぶた》が腫《は》れているし、腰がみしみししているし、いつもは使わない筋肉に力をいれたせいで、あちこちが筋肉痛になっている。

でも、身体のよれよれ感とは裏腹に、心は、生まれたばかりのように生気に満ちていて、南国の光溢れる空港の景色は、そのまま葉の心の光景だった。

「昨夜は我ながら箍《たが》が外れ過ぎだったな。葉くんがあんまりかわいいから、我慢できなくて」

「……すごく嬉しかったです」

葉が小さな声で言うと、瑠可はやさしく葉の手を握ってくれた。まわりにはたくさんの人がいるけれど、瑠可はまったく気にするふうもなく、だから葉も、なにも気にせずに握り返した。

「またバカンスに来ようね。次はもっとたっぷり時間をとって、いろんなところに行こう」

「はい。……でも、瑠可さんのそばにいれるなら、俺にとっては毎日がバカンスです」

瑠可はカンロ飴の色の瞳に悩ましげな表情を浮かべて葉を見た。

「葉くん……そんなかわいいこと言われたら、また理性の箍が外れそうだよ」

芝居がかった瑠可の口ぶりが楽しくて、幸せで、笑いながらも腫れぼったい目がまた潤みそうになる。

「葉くんと一生バカンスか。僕はなんて幸せ者だろう」

身に余る言葉が、やっぱりまだ葉にはもったいなさすぎて、ついつい自虐《じぎゃく》に走ってしまう。

「歳をとっておじさんになっても、瑠可さんにそう言ってもらえるか心配ですけど」

瑠可は意味がわからないという顔で、握った手をゆらゆら揺らす。

「言うに決まってるじゃないか。だって、歳をとるっていうのは、この幸せを積み重ねていくっていうことなんだから」

ああ、そういうことなのかと、葉は思う。

いつまでいつまでも幸せに暮らしました。

その茫洋《ぼうよう》としたおとぎ話エンドは、どこか先にある架空の理想郷に辿《たど》り着《つ》く話ではなくて、こうして積み重ねていく日々の連続を表現しているんだな、と。

人はそんなに簡単に変われないから、きっとまた性懲《しょうこ》りもなく些細《ささい》なことで落ち込んだりするだろうし、昨夜みたいに気持ちの行き違いでケンカもするだろう。

でも、日々を愛おしんで生きているそのこと自体が、もうハッピーエンド。

いつまでも、いつまでも。この人の隣で、自分の足で、幸せを選んでいける人になりたいと、葉は強く思った。

あとがき

AFTERWORD

―月村 奎―


こんにちは。お元気でお過ごしですか。

お手に取ってくださってありがとうございます。

『ボナペティ！』は、小説ディアプラス誌で、畏《おそ》れ多くもデビュー二十周年の特集を組んでいただいたときに書いたお話です。好きなものを詰め込んだお話に、大好きな木下《きのした》けい子先生が素晴らしいイラストを描いてくださって、幸せに打ち震えました。

文庫化にあたり、カバーと書きおろし部分にまた新しいイラストを描いていただき、幸せいっぱいです。木下先生、お忙しい中、本当にありがとうございます！　木下先生は私にとって特別な存在で（勝手に）、ご一緒させていただくのがいつもものすごく嬉しいです。

それにしても、二十周年だと教えていただいたときには驚きました。嬉しい驚きというより、逆に動揺というか驚愕《きょうがく》というか。二十年もやっていて、こんなになんの進歩もないなんて恥ずかしすぎるので、なかったことにしてもらえないだろうかと思いました（最低）。

そんな性根も含め、あらゆる意味でダメ人間ですが、こうしていつも楽しく小説を書かせていただけるのは、読んでくださる皆様のおかげです。本当に本当にありがとうございます。こんなに楽しいことを仕事にさせていただき、心の底から幸せです。

相変わらずあとがきが不得意で、前回は何を書いたのかなと見てみたら、体力維持《いじ》のためステッパーを購入したので、次のあとがきで効果を報告するなどとうそぶいておりました。

ステッパー……。現在、リビングの片隅で、右のステップにiPhone、左のステップにiPadが鎮座《ちんざ》し、大変便利な充電台と化しております。だいたい想像通りの展開かと……。

言い訳をさせていただくと、購入後しばらくは愛用していたのですが、油漏《あぶらも》れが発覚し、修理を依頼しようかどうしようか迷い続けているうちに保証期間を過ぎてしまい、処分しようにも重たくてそのまま放置プレイという、まあ私の人生はだいたいすべてこんな感じで、放置と手遅れの連続で進行しております。

どうでもいい話で本当に申し訳ありません。なんとしてでもあとがきを二ページ書かねばならず、こうして生き恥を晒《さら》し続《つづ》けているのでございます。小説を書くのは楽しいのですが、あとがきって難しいですね。

ここまで読んでくださって、本当にありがとうございます。少しでも（本文に）お楽しみいただけるところがあったら嬉しいです。ご感想などお聞かせいただけましたら、さらに嬉しいです。リターンアドレスなども書き添えていただけたら、よりいっそう嬉しいです。

ではでは。心優しい皆様の毎日が、幸せに満ちたものでありますように。

この本を読んでのご意見、ご感想などをお寄せください。
月村 奎先生・木下けい子先生へのはげましのおたよりもお待ちしております。

〒113-0024 東京都文京区西片2-19-18 新書館
[編集部へのご意見・ご感想] ディアプラス編集部「ボナペティ!」係
[先生方へのおたより] ディアプラス編集部気付 ○○先生

- 初出 -
ボナペティ!：小説DEAR+17年フユ号（vol.64）
いつまでも、いつまでも：書き下ろし

ボナペティ!

著者：**月村 奎** つきむら・けい

初版発行：2019年5月25日

発行所：株式会社 新書館
[編集] 〒113-0024
東京都文京区西片2-19-18 電話（03）3811-2631
[営業] 〒174-0043
東京都板橋区坂下1-22-14 電話（03）5970-3840
[URL] https://www.shinshokan.co.jp/

印刷・製本：株式会社光邦

ISBN978-4-403-52483-7